2DB
二次元ドリーム文庫
小説 人間無骨
挿絵 くうねりん
緋百合《ひゆり》の絆《きずな》
Scarlet Lily Bond
不良お姉さんと吸血少女たち

プロローグ　灰色の雲の下で　006
第一章　契り　025
第二章　夢見る吸血鬼　063
第三章　月と太陽　110
第四章　時の訪れ　163
第五章　願いのために　218
エピローグ　青い空の下で　314

# 登場人物紹介

**トリル・キルティス・ロトゥンヌ**

カレンに仕える吸血鬼の少女。もともとは追放貴族の娘であり、地上にいた頃はずっと幽閉されていた。カレンによって命を救われ、カレンの騎士として振る舞っている。

**ロザリンド・ウィンターベイル**

貧民街で暮らしていた女性。恋人に裏切られ、追われる身になる。逃げた先で、おとぎ話の中でしか聞いたことのない吸血鬼の国に迷いこんでしまう。

**カレンデュラ・アエスタス**

没落した身分の吸血鬼。尊大な口調だが振る舞いは幼い。太陽を見ることが夢だが、街の吸血鬼からはあまりよく思われていない。

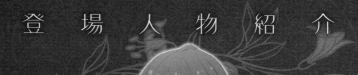

# プロローグ　灰色の雲の下で

朝の支度を終えてから最初にすることは、空の様子をうかがうこと。

今朝も灰色の雲が黒い煤で煙っていた。

——ああ、今日も太陽は見えない。

これで三日連続、曇り空だ。一瞬でも良いから太陽が見たい。汚れた空。頼りないガス灯。暗い顔の住民。この街で真に明るいものは太陽だけだ。生まれてから二十数年、ロザは快晴の空を見たことがない。街ではいつも真っ黒なスモッグが立ち込めている。ロザは最近になるまで、閉めきった窓しか見たことがなかった。もし窓を開ければ、窒息しそうなほどの煙が部屋になだれ込んでくる。

この街で生まれてからずっと、工場は年を追うごとに増え、煙突から煤を吹き出し続けている。母のように身体を壊して死ぬ人も増える一方だ。

だからせめて、家の中だけは塵一つないほど綺麗にしておきたい。あの人がいつ帰ってきてもいいように。

それが、使用人であるロザの矜持だった。

「おし……！　今日もやるぞ！」

# プロローグ　灰色の雲の下で

ロザが気合いを入れた瞬間、外から車輪の音と馬の嘶きが聞こえた。慌てて彼女は玄関へとすっ飛んでいく。まさか朝に帰ってくるとは思わなかった。会えるのは嬉しいが随分と早い。夜明け頃には向こうを発ったのだろうか。

「お帰りなさいませっ！　イリス様」

ドアを開ければ、ちょうどロザの主が馬車から降り立つところだった。よそ行きの声で出迎えるロザに彼女は微笑む。その気品ある表情にロザは気持ちを華やがせた。灰と黒に塗りつぶされた街で、イリス・サマーランドだけは輝きを放つ存在だ。しっかりと結った赤毛も、やや垂れ目気味な目も、小柄だが威厳ある立ち振る舞いもそのすべてをロザは愛している。主を家に通し、そして玄関のドアを閉めた瞬間——二人は口づけを交わした。互いの腰に手を回し、ぴったりと密着する。

「ふふ、ただいま……私のロザ」

イリスは余裕たっぷりにロザを撫で、おもむろに彼女の胸を揉んだ。イリスの手つきにロザは身体を震わせ、されるがままに弄ばれる。

「い、イリス様……まだ、朝なのに……」

「いいじゃない。私がしたいのに、嫌なの？」

「で、でもっ……んぅ……ん、ん」

抗議の声はキスで塞がれる。ロザのエプロンドレスは胸元が開いていて、そこをずりおろすと簡単に大きな乳房が露わになってしまう。締めつけを嫌って、コルセットの代わりに長い布を巻き付けているだけのせいだ。ぶるんとまろび出た乳房の先を摘まれて、ロザは子猫のように鳴き、主の首筋に顔を埋めた。

「こわぁい顔してるのに、すぐ大人しくなるわねぇ」

「ん……」

ロザは頬を染めた。クセのある茶色の長髪と鋭い目つきが狼のようだとイリスにも言われたことがある。おまけに背も高いものだから、街では強面で通っている。こんな顔を知っているのは、彼女ぐらいだ。

「可愛がってあげる。良い子になさい」

イリスが乳房に吸い付き、痕を付けていく。

ちゃんと掃除をしたかったのに、イリスは離してくれそうもない。

ロザはイリスの所有物だった。

×××

先に伸ばされていた小さな手を払い、ロザは雑貨店の棚にある最後の豆の缶詰を取った。相手のことなんて構うものか。外ではイリスが待っているのだ。

「あぁ……っ！」

抗議の声を上げた相手を見てみると、そこにいたのは少女だった。思っていた以上に幼い。誰かの使い走りだろう、ただ立っているだけで、食材の詰まったバスケットの重さによたついている。

「そ、それ……私が……」

自分より遥かに背の高いロザにも怯まず、少女は缶詰に手を伸ばす。ロザは無言で、缶詰を彼女の手が届かない高さに上げた。

「う……」

涙目になって、少女はじっと見つめてくる。しばらく睨みあった後、ロザは舌打ちして缶詰を少女にくれてやった。買い置きしていた分はもうすぐ無くなるが、今日の食事ぐらいはなんとかなるだろう。ぺこりと頭を下げた少女を無視して、ロザは会計に向かう。

「お優しいねえ、ご主人様は見てないぜ？」

「うるせえ、さっさと釣りを出せ」

ロザは店の親父を睨み付けた。親父は肩をすくめ、ぞんざいに釣り銭をロザへ放る。それをひっつかんで、彼女は小走りで店から出る。

「お待たせしましたイリス様っ！　行きましょう！」

精一杯の綺麗な言葉で、入り口で待っていてくれたイリスに声を掛ける。気を抜くと貧民街の荒っぽい言葉が飛び出してしまう。彼女に仕える者として相応しい言葉遣いを心がけねば。

「早かったわねぇ。行きましょうか」

「はいっ」

イリスは気品ある笑みを浮かべた。質素だが仕立てのいいドレスを纏ったイリスはとても目立つ。忠実な僕として彼女の隣に立てることが誇らしい。

イリスが買い出しに付き合ってくれる理由は、ただ一つ。それが二人にとっての逢い引きだから。淑女は紳士に嫁ぐのが当然の世の中で、二人の関係は密やかに続いている。数年前、馬車に轢かれかけた彼女を助けたのがきっかけでロザはイリスのもとで働くことになった。深い関係になるのに時間は掛からなかった。

イリスに出会うまで、女の身体があんなに気持ちいいだなんて知らなかった。

昼下がりの街を二人はゆっくりと歩く。人々は思い思いに往来を歩き、馬車が道路の真ん中を駆け抜ける。空模様は最悪でも、街は活気に満ちている。いち早く産業革命を成し遂げたこの街は世界で最も進んだところだ。その実態が使い捨てられる労働者達の収容所、あるいは煤煙の立ち込める不潔な吹き溜まりだとしても。

「今朝はずいぶんと早かったですね」

「ええ。あなたにすぐさま会いたかったもの」

「あ、ありがとうございます……」

買い求めた食材の籠をロザは抱きしめる。この人はすぐに恥ずかしいことを口にする。もてあそんで楽しんでいるのだろう。今朝も、指や舌だけでなく言葉でもたっぷりと責められた。

イリスは、とある貴族の息子の家庭教師《ガヴィネス》を務めている。仕事で家を空けがちなイリスの留守をロザは預かっている。特にベッドは最高の状態を維持するようにしている。すぐに、乱れてしまうから。

街を二分する大河に架かる橋を渡ったら、まもなくイリスの家だ。二人きりの時間を思い、ロザは走り出してしまいたくなる。

「……っと！　あぶねえだろ！　クソッタレが！」

浮かれた気持ちでいると、馬車がロザのすぐ横を走り抜けた。驚いたロザは食材を抱えたまま飛び退き、橋の欄干にぶつかる。この街は乱暴な運転をする御者ばかりだ。自分が車道の側を歩くようにしておいてよかった。

「大丈夫？　ロザ」

「平気です……どこの御者でしょうね、まったく！」

ロザは走り去る馬車を睨みつける。思わず普段の言葉遣いが出てきてしまった。

「驚いたわ……落ちるかと思ったもの」

勢いよく避けたせいで、ロザは欄干から大きく身を乗り出していた。抱えている食材を庇って無理な体勢をしていたものだから、イリスが心配するのも無理はない。ロザは慌てて首を横に振った。

「まさか！　これぐらいじゃ落っこちませんよ」

「だけど危ないでしょう。水辺に寄りすぎると石の怪物にさらわれてしまうわよ」

「よしてくださいよ。そんなおとぎ話……」

突飛なことを言うイリスに、ロザは噴きだした。

『石の怪物』、この国では有名なおとぎ話だ。

——むかしむかし、この国に石の怪物が現われました。

石の怪物の肌は、その名の通り石のように硬く、矢も剣も通しませんでした。

石の怪物は人々を牛や豚のように扱い、みんなを苦しめました。

その行いを見た神様は、太陽の光を強め、石の怪物に浴びせました。

肌を焼かれた石の怪物は光を避けて海や川に飛び込みました。

そして、そのまま水底へと沈んでしまい、二度と浮かび上がってはきませんでした。

ですが今でも石の怪物は水底から人を狙っています。

みなさんも水辺には近寄らないようにしましょう——

ロザも幼い頃に母親から『石の怪物』のお話を聞いた思い出がある。当時は怪物が怖くて、水を見ることとさえ嫌だった。要するに子どもを水辺に近寄らせないための方便だ。イリスだって本気で信じてはいないだろう。

「あら……お屋敷の子ども達は信じてくれたのに」

「もうそんな歳じゃありませんよ」

「あなたもまだまだお嬢さんだわ」

イリスの軽口にロザは微笑み、また二人は歩き出す。こうして穏やかな日々を過ごすのが、ずっと夢だった。カラスの巣と呼ばれる貧民街で生まれ、常に何かを奪われながら生きてきたロザにとって、イリスはようやく見つけた帰るべき場所だった。

×××

家の前まで来ると、そこには先ほどの馬車が停まっていた。何事かとロザが見ている前で、馬車から身なりのいい紳士が降りてくる。その瞬間、ロザの隣からイリスが離れた。

「まぁ！　こんなに早くいらっしゃるなんて」

イリスは紳士のもとに駆け寄り、しなだれかかる。会話の内容をロザは耳に入れないようにする。彼はこの街で工場を経営する新興貴族だった。街から離れた田舎から度々ここに通っている。

家庭教師は本来住み込みで働くのが一般的だ。イリスの雇い主がそうしないのは世間体を気にしているから。

妻を亡くして間もないのに、新しい女を屋敷に住まわせると彼が誤解されてしまうのだとイリスは語っていた。

その通りじゃねえか——話を聞いたとき、ロザはその言葉を必死で飲み込んだ。紳士の妻が死ぬ前から、彼はここに通っていた。

イリスは恋多き女だった。工場経営者の愛人である一方で、自分の使用人とも親密になる。それでもロザはイリスを憎みきれなかった。

「ロザ。お茶の支度をお願いね。彼の好きな茶葉は知っているでしょう……」

「はい、イリス様」

ロザは心を閉ざし、単なる使用人となる。まだ話し込んでいる二人を置いて家に戻り、黙々と作業する。機械のように手を動かしていると余計なことを考えずに済んだ。

貴女のことも大切だとイリスは言う。しかし彼女は紳士にロザとの関係を話していないし、態度だって明らかに違う。涼しげで知的な彼女が媚を売っている様は心が痛んだ。

夜になって紳士が帰るまで、ロザは自らを殺し続けることになった。

×××

「ねえ、海に行かない？」

突然の誘いにベッドでうとうとしていたロザはしばし固まった。隣で寝ているイリスはプレゼントでも差し出したかのように得意げだ。紳士が帰った後、イリスは平然とロザに愛を囁き、そして彼女を抱いていた。都合よく扱われていると知りながら、ロザはいつもイリスを受け入れてしまう。早起きして彼女の寝顔を見つめると、穏やかな気持ちになれる。それですべてを許してしまう。

「海……ですか？」

「ええ。行ったことないのでしょう、貴女」

「覚えていたなんて……」

ずっと前に口を滑らせたことがある。ロザはあまり自分のことを話さないようにしていた。これまで生きてきた中で、他人に語れるような出来事などない。生きるために、汚いことばかりやってきた。生まれてからずっと、三代前は貴族だったという母の愚痴を聞きながら育った。海なんて馬車で数時間なのに、行ってみたことは一度も無かった。

「どう？　興味ある？　西の海岸は空気も綺麗よ」

「良いと、思います」

ロザは目を細めた。海と聞いて思い浮かべるのは、幼い頃の記憶。ロザは海に行ったことはないが、海を見たことはあった。

かつて、ロザは絵画の展覧会に忍び込んだことがある。芸術なんかに興味は無かった。ただ、立派そうな建物だったから金目のものがあると思っただけ。しかし二階の窓から忍び込んでそこを必死に探しても、あるのはガラクタだけだった。

そしてまだ準備中だった一階の会場に降りた時——そこには海があった。

煤煙のない、柔らかな色合いの青空と入道雲。陽光を浴びて温かそうな砂浜。碧と青が入り交じり、果てしなく広がる海——ロザはすべてを忘れて、その絵に見入ってしまった。

結局、そのせいで見回りに捕まり、手ひどく痛めつけられたけれど、後悔はない。あの美しい海はロザの心に焼き付いていた。どれだけ辛いことがあっても、あの海を思い浮かべると慰められた。この世界に美しいものがあるということは、彼女にとって救いだった。

以来ずっと、ロザは美しい海に憧れている。街を出て海を目指さなかったのは、理想が壊れるのを恐れているから。もし初めて訪れる海がこの街のように薄汚れていたら、大切に抱いてきた宝物が損なわれてしまう。

「ふふ……興味あると思ったの」

イリス様となら、初めての海もきっと——ロザの表情がほころぶ。そんな彼女にイリスも微笑んだ。

「[redacted]様にも伝えておくわね」

　ロザの顔から表情が消えた。

「どういうことです？」

「今度ね、私と[redacted]様のご家族で海水浴に行くの。貴女もいっしょなら素敵だと思って」

　この人は、本気で言っているのか。ロザは助けを乞うようにイリスを見つめる。たちの悪い冗談であってほしかった。イリス達が海水浴を楽しむ中、一体どんな顔をしてその場に立っていればいいのだろう。

「どうして……あたしまで？」

　ロザは言葉を選びながら返事した。そんな彼女の態度を気にかけることなく、イリスは平気で言葉を投げつけていく。

「私……もうすぐ[redacted]様と結婚するのよ。あなたもお屋敷勤めになるわ。引っ越す前に、あなたのことを顔見せしておきたくて」

「できませんッ！」

　声を抑えられなかった。ロザは半裸のままで身を起こし、ベッドから降りる。なにもかも、イリスの都合だ。そんなものに黙って従うつもりはない。

　結婚まで秒読みなのは分かっていた。それは構わない。イリスが結婚したがるのも当然だ。彼は裕福だし、未婚である限り世間はずっとイリスに偏見を向けてくるのだから。

ロザはその時が来れば身を引くつもりだった。使用人としてイリスとあの男の生活を見守るなんて耐えられない。孤独の方がましだ。彼女は分かってくれなかったようだが。

「どうして？　お給金も増えるし、もっと良いベッドで眠れるのよ？　あなたはいいメイドだから彼のこともお世話してあげてほしいのだけど」

「あたしは嫌です！」

「ああ、心配しないで。あの人といっしょになってからも関係は続けてあげるから……貴女のことも大切だもの」

ロザは無言でイリスを睨みつけた。これ以上話していたらどうにかなりそうだった。あの男を選んでおいて、自分まで手放そうとしないなんて面の皮が厚すぎる。こんな申し出に泣いて感謝するとでも思っていたのか。

ロザはイリスに背を向けた。

「どこへいくの？」

「……今日限りお暇をいただきたく思います。次の使用人には、もっと従順な者を選べばいいでしょう」

「そう」

イリスの言葉の温度が下がる。彼女が寛大なのは、自分の思い通りに行く相手だけだ。

「待ちなさい。私がこの家から引っ越すのは海水浴の後……それまではこの家を預かっていてほしいの。私の最後のお願いも聞けないのかしら？」

ドアノブから手を離す。しばらく黙り込んでからロザは重々しく口を開いた。

「いいでしょう。貴女が帰ってくるまでの間……きっちりとお仕事させていただきます。それで、おしまいです」

「いいわ……さぁ、戻ってきなさい。まだ朝まで長いのだから」

しかしロザはイリスの言葉を今度こそ無視して、そのまま寝室から出て行った。慣れ親しんだ台所の床にうずくまってロザは眠った。もっとひどい場所を寝床にした経験だってあるのに、台所はやけに寒くて中々寝付けなかった。

×××

ロザは約束を守った。イリスが海水浴に出かけた後も、彼女は黙々と仕事を続けた。この家のことを忘れないよう、隅々まで手入れした。ベッドだけはどうしても使う気になれず、台所の床で寝るようになっていたけれど。

孤独な生活に来客が訪れたのは、イリスの使用人として働く最後の日の夕方だった。すべての仕事を終えて、居間でまどろんでいたロザは扉を叩く音で目を覚ました。

イリスが予定よりも早く帰ってきたのかと、ロザは急いでドアを開ける。

「ロザリンド・ウィンターベイルだな？」

「ええ……はい……？」

「よろしい」

そこに立っていたのは警官だった。怪訝な顔で頷いたロザに、彼は横柄な態度で接した。本名で呼ばれるのはむず痒かった。ロザは自分の名前が好きではない。『ロザリンド』なんて仰々しい名は、貴族にしか似合わないものだ。それはかつての栄光を懐かしんで、母が押しつけたものでしかなく、ロザは自らの名前を縮めて名乗るようにしていた。

「上がらせてもらおうかな？　雇い主から許可は得ているのでね」

警官が見せつけたのはイリスの署名が書き込まれた手紙だった。開封済みの封蝋にはあの男の紋章が押されていた。

「どうぞ」

怪しみながらも、ロザは警官を家に案内する。嫌な予感がした。自分の知らないところで何かが進んでいる。ロザの勘はここから離れるべきだと告げていたが、警官はそれを許さず、居間で待っているよう彼女に指示した。暴走する馬車を前にして、立ち竦んでいるような気分になる。動かなければお終いなのに、身体が言うことを聞いてくれない。

「なんだってんだよ……」

警官が消えていった寝室の扉を凝視しながら、指で机を叩く。明日にはこの家から出ていくというのに、なぜよりによって今日、厄介事が起きるのか。

「ああ、手紙の通りだ」

やがて寝室から出てきた警官は、その手に指輪を持っていた。何度も見たことのある、イリスのお気に入りだった。

「このコソ泥め、話を聞かせてもらおうか」

「は？　どういうことだよ」

「この指輪はお前の私物入れから見つかった。まだ言い訳をするつもりか？」

ロザは全身から血の気が引き、それから激しく心臓が鳴るのを感じた。

「ざけんなッ！　あたしがそんなことするわけないだろうが！」

「告発があった。雇い主を裏切るとは……」

警官が手紙をひらひらとさせる。ロザは警官から手紙を奪い取った。にやつく警官の前でロザは手紙を広げる。

「何だ、使用人の分際で文字が読めるのか」

「黙ってろ……」

文字が読めるように猛勉強したのもイリスのためだった。彼女の隣に立つことが許されるだけの教養が欲しかったから。勉強したことを伝えるとイリスが褒めてくれたから。

――この度、恥を忍んで告発いたしますのは、我が使用人の卑劣な窃盗です。彼女は私の目を盗んで宝石や銀器を自分のポケットに……。

文面は途中で頭から吹き飛んだ。それは他ならぬイリスからの裏切りだった。

「くそ！　くそぉっ！　イリス……！」

席から立つ。警官が近寄ってくる。沸騰する頭の中で、ひどく冷静に推理が進む。

――イリスは結婚する前に、邪魔な愛人を処分する気だ。

――どうせ、嫉妬に狂ったあたしがあの男に関係をバラすとでも思ったのだろう。

――その前に牢屋に放り込んでおけば片がつくわけだ。

――有り得ない。信じられない

――あたしは、まだあんたが好きだったのに。

イリスとの間にあった絆はまやかしだったのだと、ロザは悟った。

「こっちに来い。大人しくしろ」

「いやだ……！」

警官に椅子を投げつける。相手が怯んだ隙に、外へと飛び出す。

「待て！」

襲いかかってくる警官の手を躱し、とにかく逃げる。警官に追われるのは久しぶりだった。イリスに拾われてからは、もうこんなことをしなくてもいいと安堵していたのに。

「止まれ、止まるんだ！」

警官の言葉を無視してロザは走った。目的地はなかった。この街で頼れる相手はもういない。息が切れ、脚が痛む。それでも止まらなかった。捕まってしまえば、裏切り者にされる。誰も濡れ衣だと信じないだろう。

「泥棒だ！　だれか捕まえてくれ！」

警官の叫びで、大勢がイリスを追った。騒ぎに気づいた他の警官も追跡劇に合流してくる。やがて、ロザは橋の上で追い詰められた。数日前に、イリスと並んで歩いた橋だった。

欄干にもたれかかって、ロザは荒く呼吸する。野次馬と警官が彼女を囲んでいた。誰もが、彼女を罪人だと思っている。

「手間を掛けさせやがって！」

今度こそ逃がさないよう、警官はゆっくりと近づいてくる。うずくまろうとする身体に鞭打って、ロザは欄干の上によじ登った。

野次馬にどよめきが広がる。警官が制止するように手を伸ばした。そんな周囲をロザは暗い気持ちで見渡す。

「そんなことをしても逃げられんぞ。馬鹿な真似はよせ！」

「逃げるんじゃねえよ……」
ロザはそう呟いて、両手を広げた。
イリスに裏切られ、行き場を失い、残ったものは怒りだった。
せめて使用人として最後の責任を果たすつもりだったのに。
どよめきが悲鳴に変わる。すぅ、と身体の温度が下がる。
倒れこむようにしてロザは大河に身を投じていた。
最後に目に映ったのは薄汚れた夕暮れの空。
刹那、ロザは冷たく汚れた水に包まれる。
先の見渡せない水の中に気泡が浮かび、口や鼻の中に水が入ってくる。
そのままロザはどこまでも深く沈んでいった。

# 第一章　契り

瞼の向こうに光を感じる。路上で朝を迎えた時のように、闇から差し込んできた光が眠りを破ろうとしてくる。ロザは不機嫌に唸り、目を擦った。

「うぅ、ん、むぅ」

しばらくぼんやりとして、寒さに身を縮こめたところでロザは気づく。

――どうして身を投げたのに生きているのだろう。

全身ずぶ濡れで、とても寒い。深呼吸してみても水が口に入り込んでくることはない。彼女は陸地にいた。

「なんだ……こりゃ……」

どこかに流れ着いたのかと周囲を見渡して、また困惑する。ロザは広い庭園のような場所にいた。静かで風は無い。空は薄暗く、おそらくは夜明け間近だろう。ロザの周囲は白くざらついた石床で、さらにその外側は芝生のように背の低い草が青々と生い茂っている。はるか向こうには東屋らしきものも見えた。そして異様なのが、目の前にある光の柱だ。空を見上げあると、ぶ厚い雲の切れ目から光が差し込み、石床の中心部を照らし出している。まるで巨大な舞台照明のようで、この世のものとは思えない。一体、ここはどこなのか。

「おぉい！」

とにかく誰かの助けがほしい。ロザは大声を出した。濡れ鼠のまま彷徨うなんてまっぴらだ。最初の呼びかけは空しく響くばかりで、返事を待っているうちにくしゃみがでた。

「誰かっ！　いないのかよ！」

諦めずもう一度叫んでみる。すると背後から草を踏みしめる音が聞こえ、ロザはため息をついて振り返った。

「おおっ、ホントにニンゲンです！　生きたニンゲン！」

「まぁ！　素晴らしいわっ！　やっと会えたのねっ！」

——ああ、なんて、美しいのだろう。

それが第一印象だった。

声に応えてやってきたのは二人の少女だった。大人びた雰囲気の少女と、ちょっと生意気そうな少女がロザを見下ろしていた。二人は仲睦まじく手を繋ぎ、ぴったりと身を寄せ合っている。二人とも毛色は違うが、心奪われるほどに見目麗しい。

大人びた雰囲気の少女は明るい金色の長髪で、興味津々といった風に碧い目を輝かせている。繊細なフリルで飾り立てられたドレスから伸びる肢体は青白く、やや骨張っていて、その不健康そうな様が少女らしからぬ色気を漂わせていた。

もう一方の少女は、さらに幼く見える。艶のある髪は夜空のような色合いで、それがふんわりと肩辺りまで伸ばされている。生意気そうな印象を受けるのはこちらを値踏みするような目つきをしているからか。丈の短い、動きやすそうな格好をしているものだから、僅かな胸の膨らみがなければ男の子と間違えてしまいそうだ。彼女もまた白い肢体をしていたが、隣と比べれば多少は健康そうだ。

良家のお嬢様と、その側付きといったところだろう。物盗りではなさそうだがこんな風体の女を助けてくれるだろうか。ロザは二人に手を上げた。

「なぁ、嬢ちゃん達……ここがどこかわかるか？　なんというかその……道に迷ってさ、すげえ困ってるんだよ」

間抜けな質問だと思ったが、寒さで頭がうまく働かない。震えながら返事を待っていると、年上の少女がにっこりと笑った。

「ここは『月』よっ！　『月』の上！」

「は？」

言っている意味が理解できず、ロザの思考が止まる。子ども相手に聞いたのは間違いだったかもしれない。

「……あー、まぁいいや。とにかく大人を呼んできてくれないか？　どこかで身体を乾かして、休みたいんだ……。ああ、あたしはロザってんだ、どうか助けてくれよ」

ひとまずこの疑問は脇に置いておくことにして、ロザは弱々しい声音で二人に話しかける。従者の少女が主を庇うように一歩前に踏み出す。

「お嬢ちゃんではありません！　この方はカレン様というのですよ、ニンゲン」

ニンゲン、と呼ばれロザは眉をひそめる。僅かに訛りのある口調からして、従者の少女は外国出身なのかもしれない。妙な呼び方もそのためなのか。

「分かったよ……なぁカレン様。あたしのことを助けてくれないか？　ひどい状態なんだ……このままじゃ凍えちまうよ」

「むむ！　敬意が足りない気がするのですが！」

「しかたないわ、トリル。この子はまだ混乱しているのよ」

疑わしげな従者の少女――こちらはトリルというのか――を制し、カレンはロザに歩み寄り、その冷え切った手を取った。

「安心して。わたしがあなたを助けてあげる。でもね……大人を呼ぶ必要はないわ」

「そりゃ……ありがとう」

気品のある微笑みにロザはたじろぐ。自然と頭を垂れてしまいそうだ。幼いながら、すでにカレンは人の上に立つ者であり、その自覚もあるようだった。

カレンは彼女の後ろにふわりと回り込んだ。そのままお腹に腕を回され、抱きつかれる。自らが濡れるのも気にしていないようで、お嬢様にしては意外な振る舞いだった。

「気持ちは嬉しいんだけどさ、ガキの力じゃ……」

カレンのやろうとしていることを察し、ロザは彼女に呼び掛ける。しかしカレンは意に介していないようでそのまま両腕にぐっと力をこめた。

その瞬間、猛烈な風がロザの頬を撫でた。

一体何が起きているのか、ロザはカレンに抱え上げられて浮いていた。思わずロザは身をよじるが、その細腕はびくともしなかった。

「ニンゲンぐらい、トリルが運ぶのに！」

絶句――他にロザができることはなかった。トリルの背中から何かが生えている。黒いもやのようなものが集まったかと思うと、目の前でそれはコウモリのような飛膜の張られた羽となる。トリルは当たり前のようにそれを羽ばたかせ、浮かび上がった。間違いなく、背後のカレンも同じものを生やしているのだろう。二人がロザをニンゲンと呼ぶのは、彼女達がニンゲンではないからだった。

「せっかくだから街を見せてあげたいの。さぁ、飛ぶわよトリル！」

「うわあぁっ！」

そして、ロザは生まれて初めて空を飛んだ。

思った以上に速度がある。馬車よりも速い。彼女が目覚めた庭園の光景はあっという間に過ぎ去り、やがて、柵が見えてくる。柵を飛び越えてしまうと、庭の外には何もなく、ぼんやりと薄暗い空が広がっていた。

「下を見て？」

言われるがままに下を向くと、そこには古めかしい建物のならぶ街が広がっていた。遥か高いところから、ロザは街を見渡していた。街はかなり小さく、盆地の斜面に沿って作られている。そして奇妙なことに、盆地は城壁のような灰色の岩山に囲まれていて、その先の風景が見通せなかった。さらに、カレンはロザと共に空を旋回する。

「見て見て！　すごいでしょ？　あれが、私達のいた『月』よっ！」

「なんだ……こりゃあ……」

カレンのおかげで、ロザは周囲の状況を理解する。

先ほどの庭もまた、理解できない原理で宙に浮かんでいた。離れたところから観察すると目覚めた庭は宙に浮く大きな円盤で、その上に芝生や柵を載せているらしい。ロザは食器を運ぶトレイを想像した。そして円盤の下側には巨大なガス灯のようなものが突き出していて、煌々と光を放っている。夜空に浮かぶそれは、確かに太陽と言うよりは『月』だった。街はその月光に照らされて、昼間のように明るい。今飛んでいる空が薄暗いのは、光が届いていないからなのだろう。

「どう？　ここが私達の街……ノクタミラよ！」

「ふふーん！　驚きで声も出ませんか？　ニンゲン！」

聞いたことのない名前だった。そんな地名の場所に自分の街から流れ着くことはありえない。立て続けに理解できないことが起きている。頼れそうな相手はカレンとトリルだけで、ロザは無意識にカレンの腕を強く握った。

「あら……どうしたの？　わたしに抱かれているのが恥ずかしいのかしら？」

「あんたら一体なんなんだ？　あたし、どうしちまったんだよ……」

「やっぱりニンゲンは知らないのね……私達は吸血鬼。永劫を生きる血族なのよっ」

──吸血鬼ってなんだ？

分からないことが増えただけだった。ロザは理解を諦め、大人しくしていることに決めた。確かなことは、下手に暴れたら落ちて死ぬということだけ。

「私達のことはこれからゆっくり教えてあげる……ほらっ！　お屋敷が見えてきたわ！」

カレンの指差す先には、他より大きな屋敷があった。

あそこが彼女達の住まいなのか──訳が分からないまま、ロザはそこへ運ばれていった。

×××

姿見に自らの裸体を映す。薄茶のくせ毛、やや険のある顔つき、無駄に大きな胸、重労働で筋肉のついた手足。目立った傷や痣はない。間違いなく、いつも通りの自分だった。

「あたしは、生きてるのか……？」

ロザは姿見に映る自分へ問いかける。自分が生きているという実感はある。今いる世界には何一つ現実味がないままだけれど。

昨晩から今に至るまでを思い出す。恋人だった女に裏切られ、警官に追われ、橋から飛び降りて――そして見知らぬ場所で目覚め、少女達に出会い、空を飛んだ。

カレンの屋敷は由緒ありそうな調度品ばかりだった。この姿見だって、外枠に複雑な彫刻が施されていて、高価そうだ。少女二人で生活できるはずもないが、屋敷には他の人がいないようで、さきほどから不気味なほど静まりかえっている。

濡れた服をなんとかしたいと頼んだら、ロザはトリルの案内で浴室つきの部屋に通された。どこから汲み上げているのか、綺麗なお湯で身を清めるという贅沢を大いに楽しんだのちに、ロザは改めて今の状況について考えていた。さっきから想像もつかないことが続いている。おとぎ話の世界に迷い込んだ気分だ。

いくら考えても、謎は尽きず、ロザはため息をついた。ベッドの上に用意されていた寝間着を纏う。こんなガウン、本来なら一生縁が無い。こんなものに袖を通したら、安手の綿織物なんて二度と着られなくなりそうだ。汚れた服はトリルが部屋から持ち去っていた。

「吸血鬼、ねえ……」

空を飛んでいる最中、ロザはカレン達がどのような存在なのか講釈を受けていた。残念ながら理解は一切進まなかったが。

——私達はとっても古い血族で……とにかく、すごいのよっ！

——なかでもカレン様は一番すごいのです！

やたらと自信満々なカレン達の口調を思い出す。彼女達も自らがどのような存在なのかよく分かっていないようで、ロザには『すごいこと』しか伝わらなかった。ロザはそういう手合いに反感を抱く性質だったが、二人があんまりほこらしげなものだから、つい微笑ましい気持ちになってしまった。

そして、唯一理解できたことが、彼女達の食事についてだった。

「ニンゲン、そろそろ準備はできましたか？」

「いつでもいいぜ、キューケツキ」

トリルはノックもせずに入ってきた。小脇には分厚い本を抱えている。ロザの皮肉を気にする風もなく、彼女はずかずかとロザに近寄ってくる。姿見を見て、ロザはぎょっとした。姿見にトリルの姿が映っていない。鏡の世界では本だけがロザの隣に浮いていた。

「あんた……こりゃあどういうことだよ」

姿見を指差すとトリルは驚くこともなく首を傾げた。

「吸血鬼は鏡に映らないのです！　そんなことも知らないのですか？」

「知ってるわけないだろ……」

食事とは別に、今、新しいことを学んだ。

吸血鬼は鏡に映らない——やはり二人はこの世の存在ではないようだ。

「それで……カレンはどうした？」

「カレン様はお部屋でお待ちです。ニンゲンの血の、下ごしらえが終わるまで……」

トリルの言葉に息を呑む。やはり、さきほど聞かされたことは事実らしい。

彼女達は人間の血を糧にするのだという。

ノミのように小さい生物ならともかく、トリルやカレンの腹が血を飲んだ程度で満たされるとは思えない。しかし二人は、空を飛んでいる間、ずっとロザの血を楽しみにしていた。

そして屋敷に着いてから、ロザはある申し出を受けていた。

——住処を与える代わりに、血を飲ませてほしい。

二人は真剣だった。

「本当に大丈夫なんだよな？　血を飲まれても」

「心配することないのです！」

異様な頼みにもかかわらず、ロザはあまり迷うことなく、血の提供に同意していた。

血を失うのは不安だが助けてもらった恩もある。それに野宿は嫌だ、あれほど惨めなものはない。

て安いものだ。

貧民街で暮らしていたころをロザは思い出す。安全なねぐらを確保できるなら、血なんて安いものだ。

ロザは大の字になってベッドに寝転がった。

「さぁ、やってくれ」

「いい心がけです」

トリルはベッドに上がった。何かの参考にするのか、その脇に開いた本も置く。

ロザは黙ったまま相手の出方をうかがう。トリルは血を採る道具や刃物を持っていない。

一体どうやって血を採るというのか。

「ええと……まずは……」

開いたページに目を通しながら、おぼつかない手つきでトリルはロザのガウンを掴み、一気に捲り上げた。

「ちょっ……おいおいおいおいおい！」

裸に直接着ていたものだから、ロザの秘所が丸出しにされてしまう。羞恥よりも困惑が勝る。確かにそこから血が出ることはあるが、今はその時期じゃない。大人のそこが珍しいのか、トリルはロザから降りて、まじまじと秘所を観察している。

「あ！　隠しちゃダメですよ！」

「な、なんだよ！」

「黙っておまたを見せるのです！」

「くそっ、どういうつもりだよ……」

「血を捧げるためなのです！　さぁ！」

「ああっ、ちくしょう……っ！」

ロザはやけになって足を開く。逆らって追い出されるのだけは勘弁だ。

「血なら他のところからも採れるんじゃ……？」

「トリルの話を聞いてませんね？　その前に下ごしらえが必要なのです」

「それって――」

質問より先に答えが分かった。

トリルは無遠慮に手をのばし、ロザの秘所を指で押した。

「なんだよっ！　やめろっ」

陰唇が押しのけられ、内側の花びらや蜜口を引っかかれる。それは愛撫などではなかった。乱暴で力任せな掘削だった。予想外の仕打ちにロザは飛び起きる。彼女に逃げられたことでトリルは頬を膨らませた。

「勝手なことをせず大人しく寝ているのです、ニンゲン！」

「お前……なにしてるか分かってんのか？」

「当然です！　セーキを指でシゲキして、カイカンをしょーじさせているのですよ」

本の一節をそのまま読み上げたような口ぶりで、ロザはトリルがまったくの無知であると確信する。ただ、トリルの振る舞いには下心がないように感じられて、ロザは態度をやわらげる。

「どういうつもりだよ……」

いたずらをした子どもを叱るように、ロザはトリルに問いかける。

トリルは胸を張った。

「おいしい血のためには、セーテキにコウフン？　しなきゃダメって本にありました。さぁ、コウフンするのです」

「その本に書いてあるのか？」

横に置かれた本の表紙を見ながら、ロザは聞く。

「その通りです！」

トリルが参考にしているのは医学書だった。ぱらぱらとめくってみても難解すぎて内容が理解できない。この本に気持ちいいやり方が書いてあるとは思えないし、トリルも絶対に内容を分かっていないだろう。

「痛ッ！　やめろっ、ぜんぜん気持ちよくないからっ！」

にらみ合っていると無言でガウンの上から胸を鷲掴みされ、ロザは悲鳴を上げた。

「嘘つき！　本には胸の刺激でもコウフンできるとありました！」

「やめろってのに！」

更に乳房をひねり上げられて、ロザは叫んだ。自分を軽々と抱き上げた、吸血鬼の腕力を思い出す。このままではちぎられてしまう。

「あたしは興奮してないぞ！　放せ！」

「むぅ……おかしいのです」

必死の頼みが通じ、トリルはやっと手を放した。ロザは胸をさすり、ため息をついた。ちょっと血を抜かれるだけだと思ってたのにとんでもないことになってきた。演技してやるにしても、トリルはあまりにも下手すぎる。

「あのさ、お前の言う性的興奮だけど……このままじゃ絶対無理」

「どうして！」

「あんたが女を興奮させる方法を知らないから。そういうのは本を読むだけじゃダメなんだよ、マセガキ」

「そんな……！」

ロザの素っ気ない態度に、トリルは大粒の涙を浮かべた。どうしよう、となんども呟き、しゃくりあげる。その姿は子どもそのもので、ロザはまた惑わされてしまう。押し倒されて乱暴されかけたというのに、自分が悪いことをしたようにさえ感じる。

「どうしようっ、このままじゃ……カレン様に……」

「お、おい」

居心地の悪さからロザが声を掛けようとすると、俯いていたトリルは自分の顔を腕で拭った。まだ涙の乾いていない、しかし強い決意を秘めた瞳でトリルはロザに迫った。

「セーテキコウフンを得る方法、ニンゲンは知っているのですね」

「まあな……」

「それなら、トリルにやり方を教えるのです！」

「ま、マジかよ」

決して口にしてはいけない申し出に、ロザは言葉を失った。

×××

「言われたとおり服を脱ぎましたよ。さっさと次に進むのです」

トリルはロザの膝上に乗っていた。すでにトリルは服を脱ぎ散らかし、彼女を無邪気に急かしている。全裸でいることに羞恥心を抱かないほどにトリルは幼かった。

「分かったよ……」

ロザは小さな声で返事した。どれだけ拒んでもトリルの意思は固く、絶対に引き下がろうとしなかった。自分のねぐらのためにトリルに逆らえなかったというのもある。

――カレン様の為なら、トリルはなんでもする覚悟があるのです！

そう言い切ったトリルのまなざしをロザは思い出す。彼女の危うく、そして一途な思いに目がくらんだなんて、言うつもりは無い。ただトリルの抱く想いはロザが失ったもので、少しだけ羨ましかった。

「お前、いくつなんだよ」

こうして身体を見ていると本当に幼い。彼女の肢体は発展途上で、起伏がほとんどなかった。髪以外の体毛は薄く、つるつるしている。かろうじて確認できる胸のふくらみの先では虫刺されのような薄桃色の乳首がツンと自己主張していた。この体躯で快感を味わえるのか、疑わしい。唯一、人間と違うのは体温が感じられないことだった。ほどよい肉付きの身体はもちもちと柔らかだが、触っていても陶器や石かと思うほどに冷たい。

「ええと……三百歳？　ぐらいだったと思います」

「聞かなきゃよかった……」

ロザは首を振った。嘘をついているわけではないのだろう。しかし、自分より遥かに年上なのだとしても見た目が幼ければ躊躇ってしまう。

「さぁ！　早くするのです！」

「意気込みはいいんだけどさ……」

どうしても抵抗感がある。ロザも早熟だったが、見た目がトリルぐらいの頃にはまだ『それ』を経験したことはなかった。こんなの相手の無知につけこんでいるだけだ。しかし、今更ぐずぐずしてもしかたない。ロザは腹をくくり、トリルに語りかける。

「いいか？　こういうのは優しく触れるんだ。まずは軽く撫でたりとか」

自分の好きなやり方を頭に浮かべ、ロザはトリルの滑らかな背中やお腹、太ももを撫でる。いきなり敏感な場所に触れては、相手を驚かせてしまうからだ。

「ん！　あふっ！　くすぐったいのです……あはっ、あははは っ！」

案外敏感なようで、ロザの指が動く度にトリルは身体を跳ねさせた。特に背中が弱いようで、文字を書くように指を動かすと彼女はころころと笑った。

「くふふ、これがセーテキコウフンとは思えないのです……いひひっ！」

「焦るなって」

くすぐったいのなら、感じることもできるか——そんなことを考えながら、ロザは無心でトリルを撫で続ける。

「ん、んぅ……ふぅ……」

やがてトリルはロザの手に慣れてきたのか、黙ってされるがままになる。

行為に変化を付けようと、ロザは身をかがめてトリルの首筋を吸おうとした。唇での刺激にも慣れてほしかったけれど、かといって唇同士を合わせるのは憚られたからだ。

しかしトリルの首筋に吐息を当てた途端、ロザは肘で身体を押しのけられた。

「何を考えているのですかっ。首を噛もうとするなんて……ニンゲンも血を吸うなんて知らなかったですよ」

「駄目なのか？　する時って首を吸ったりもするんだけど……」

「モノを知りませんね、ニンゲン。首を噛んでいいのは主だけと決まっているのです。トリルはカレン様以外に首筋を許すつもりはありませんっ」

「わ、悪かったよ」

トリルの剣幕にロザは素直に頭を下げる。どうやら首にキスするというのはこの街の住民にとって大きな意味があるらしい。トリルとカレンの話だけではルールや常識がまるで分からなかった。やはり、もっと頼りになりそうな相手から詳しい説明を聞きたい。落ち着いたら街を歩き回ってみよう。

「痛かったりしたら、すぐに言えよ？」

「カレン様のためなら、なんだってへーキです！」

ロザは最後の確認を取る。ここから先はいよいよ、敏感なところにも触れることになる。覚悟を決めなくてはならない。ここでやめてしまっては、トリルはやり方を理解しないし、こちらも乱暴にされるだけだ。

深呼吸して、ロザは下から持ち上げるようにして、トリルの胸の先にそっと指をおいた。

「これから触るところは……ほかよりもずっと優しく……」

指先でゆっくりと円を描き、小さな乳首を刺激する。まだ幼くても、そこはロザの指によって徐々に立っていく。ささやかなでっぱりを、なんども指先でくすぐる。やがてはっきりとした手ざわりの違いを感じ取れるほど、幼い乳首は硬くなった。

「んっ、ふぅ……んん……っ？　なんなのですか……ふあ、あぁ……」

何をされているのか理解していなくても、トリルは身体の異変に気づいていた。不安げに身体を揺らしながらも、彼女は明らかにくすぐったさ以外のものを感じていた。

細心の注意を払いつつ、ロザはトリルの乏しい膨らみも優しくさすってみる。寄せてあげるようにしてロザは下から上へ手を滑らせる。揉めるほどの大きさは無いけれど、確かな柔らかさがある。トリルの胸にしこりはなく、触れても痛みはないようだった。

「こ、こんなのっ、ヘンです……ヘン……っ、ん、んぅぅ」

トリルは何度も振り返ってロザを見つめた。その顔があまりに切なげで、艶めかしくて、ロザも妖しい気持ちになってくる。自然と身体に熱が籠もってきて、ロザはトリルを抱きしめるように上体を前へ倒す。するとちょうど鼻面が彼女の髪に埋まる。吸血鬼の髪と頭皮はほぼ無臭だったが、うっすらと乳臭さがあった。

「ちょっと、痛いかも……っ、うぅう」

かすかに抵抗されるがロザは手を休めない。大胆に乳房を絞ったり、乳首をきゅっと摘まんだりしてあげる。ロザの膝上で彼女は耐えるように足指を丸め、身を縮こめていた。

トリルの戸惑いと陶酔は明らかだったが、しかしそれでもロザは彼女から体温や鼓動を感じなかった。

「こっ、これっ！　これがぁ……せーてき、こうふん……なのですか？」

「ああそうだよ。あんたのそれが、気持ちいいってこと……」

「ひあっ！　それぇっ、それ、だめです……だめ、だめぇぇぇ……っ」

爪先でくすぐるように乳首を掻くと、トリルは脚をぴんと伸ばした。全身に力をこめて、彼女は必死に未知の感覚に抗っている。トリルの弱点が自分と同じことに、ロザは親近感を持ってしまう。大きな胸が目立つせいか、これまでロザはしょっちゅう乳首を責められてきた。おかげでそこはかなり敏感になってしまっている。すでにロザの乳首も甘く疼いている。トリルが身体を動かすせいで、彼女の背中に密着しているロザの胸の先も擦れているからだ。さっきから吸い込んでいるトリルの体臭も心を乱してくる。貴人が通り過ぎた後のような、仄かな香り。抑えがきかなくなっているのをロザはうっすらと自覚する。

「そろそろ……」

「ふぇ……？」

たっぷりとトリルの胸をいじめてから、ロザはおもむろに両手をもっと下へ滑らせた。愛撫が止んだことに、トリルは困惑の声を上げる。そこにはありありと半端なところで快感を奪われたもどかしさが滲んでいた。そんな彼女をなだめるようにロザは彼女のほっそ

りとした太ももをさすり、それからおそるおそる無垢な割れ目に指を這わせた。

「脚、開いて……？」

「ん……」

トリルは素直だった。両脚を開いても、そこはぴっちりと閉じたままで、トリルの幼さを強調していた。ロザは目を瞑り、誰も触れたことのない秘所を片手で拡げた。トリルの身体に緊張が走る。

「さて……」

相手が吸血鬼でもやり方は同じだろう。ロザは左手で秘所を拡げたまま、右手の指先を舐めた。湿らせた指でおもむろにトリルの蜜口に触れる。彼女の入り口は、すでにしっとりとしていた。指を入れたりはせず、その周囲を緩やかに指でなぞる。トリルの脚が閉じて、太ももに手を挟まれる。けれど抵抗は弱く、ロザは黙々と指を動かし続ける。

「ん、んく……ふぅぅ！」

「濡れてる……」

次第にトリルの昂揚は明白なものになっていった。短く吐息を漏らし、打ち上げられた魚のようにぴくぴくと身体を跳ねさせる。気づけば、指先が濡れている。これは汗や唾液なんかじゃない。

「あっ、ああ……！　はぅう……っ！　こんなっ！　こんなの……へん……です……」

やがてロザの右手に彼女の手が重ねられた。きっと止めてほしいのだろう。彼女は怖がっていて、心を乱している。その恐れを感じ取っているのにロザは暴走してしまう。理性は塵のように吹き飛び、思考力は酒を飲み過ぎた時より細切れだ。ロザは容赦なく、トリルを責め続ける。

「みゃっ！　あっ？　あ、ふ、うあぁあああ、あ、あっ！」

ロザの指はフードを被ったままのトリルの花芯をつついた。刺激が強すぎるからと、初めは避けていたところ。そこが敏感なのは相手が人間でも、吸血鬼でも、変わらないらしい。初々しい反応をじっくりと味わいながら、幼い花芯を繊細に擦りあげていく。指の腹でフードを剥いてから弱い力で先端を押すと、トリルは両脚をぴんと強ばらせた。

「と、トリルは……！　あぁっ、ど、どうなって……」

花芯を責められてから、トリルの乱れ方はいっそう艶めかしくなった。すでに少女はその悦びに魅せられていた。身体から狂おしいなにかを強く匂い立たせ、ロザを酔わせる。

ロザは指の動きを早め、トリルに快楽を刻み込んでいく。

「……イくんだよ。興奮したら、誰でもそうなる」

ロザが耳元で囁くと、トリルは激しく首を振った。

「しらなひぃい……っ、そんなのっ、こわいっ、こわいよぉお……っ！」

怖がるトリルに、溶解したはずの良心がロザの中で疼き始める。やっぱり彼女には早すぎたのではないか。しかし、もうロザは止められなかった。怖がっていても一度達してしまえば理解できるはず――そんな邪な考えで、とどめを刺すようにロザはぴんぴんになったトリルのそこを押し潰した。

「ひっ……！　あっ、あぁあぁ！　あぁあー……っ！」

これまでにない大声を上げて、トリルは身体を丸めた。初めての衝撃は、身体の隅々まで駆け抜けていったようで、彼女はしばらくの間身体を震わせていた。その震えが落ち着くまで、ロザはトリルを固く抱きしめていた。彼女の矮躯は確かに昂揚していたが、肌は白磁のように冷たく滑らかなままで、汗もほとんどかいていなかった。一方でロザの心臓は激しく鳴っていて、ガウンに隠された脚のあわいはどろどろに煮えていた。トリルの身体に、声に、息遣いに、ロザは魅入られていた。幼い見た目の相手にここまで昂ってしまったことが信じられない。トリルの太ももに挟まれた手をそっと引抜くと、中指にはべったりとトリルの蜜がついていた。

「……ん、はむ、ちゅぅ」

――こんなこと、普段なら絶対しない。

ロザは蜜に塗れた自分の中指を咥えていた。蜜に特有の生臭さはなく、味もない。しかし、わずかに舐め取っただけで頭が燃えるように熱くなった。もっともっと、トリルが欲しくなってしまう。

「はぁ、はぁあああ……っ。アレはなんなのですか……あんなの、あんなのって……！」

余韻が引いたのか、トリルはロザの方に身体を向けた。未知の体験に、彼女は自分の身体を抱きしめていた。その正体をロザは教えてあげる。

「イったんだよ……ああやって身体を触ると、気持ちよくなって、ぞくぞくして、最後にはイっちゃうの」

「いく……あの気持ちよさのさいごの、ぶわーってなるのは、いくというのですね。トリルもオマエをいかせたら……カレン様に……」

絶頂させられたばかりだというのに、彼女は健気にも自分の目的を果たそうとしていた。目を潤ませたままの彼女にロザは首を振った。

「まだ……全部説明できてない……」

トリルの蜜を舐めたせいで、ロザはすっかりおかしくなっていた。

「あ、アレ以上のことなんてありえないのですっ！　からかってもムダですよ！」

たじろぐトリルに、ロザは無言で触れた。

「ほんとにまだするのですか……？」

正面を向かせて、脚を開かせる。不安に翳る瞳を見つめてから両脚の太ももを下から持ち上げる。トリルは仰向けのまま、ころんとひっくり返った。

「ひゃっ！　ふざけないでください！」

身体の負担を減らすために枕をトリルの下に敷いてあげる。彼女の身体は柔らかく、後転の途中のような体勢でも平然としていた。自分の胸を押しつけて、彼女の身体を固定する。この体勢だと、秘所が持ち上げられた形になるから、より深く愛することができる。

「……っ」

ロザはトリルの下半身を抱え上げる形で、その太ももの裏に手を置き、彼女を見下ろしていた。そこからの光景に彼女は息を呑む。目の前にはトリルの秘所と後ろの蕾があって、脚の間からトリルの顔が見えた。これから起こることを本能的に察しているのか、トリルは眉根を寄せてこちらを見つめていた。ロザにできるのは、不器用に微笑んでみせることだけだった。

そして、ロザは秘所に視線を移す。背後から触っていた時にはよく見えなかったそこを、間近で観察する。そっと割れ目を拡げると、そこは血色が悪く、紫色に近かった。育ちきっていない花弁は慎ましく、狭い蜜口の周りは先ほどの余韻を残し、まだ潤んでいる。こっそりと嗅いでみても、やはり臭いはしなかった。実のところ、ロザは秘所の生々しい臭いが嫌いではない。汗をかかないということは、垢もでないし排泄もしないのかもしれない。だから、無臭なのだろうか。

「ふぅー……」

「はうぅっ！　やっぱり遊んでますね！」

息を吹きかけると、蜜口が窄まった。生き物のように蠢くそこは、可憐な少女に備わった器官だとは思えなかった。

「こんな変な体勢……カレン様に見られたら笑われちゃうのです……」

無垢な少女がようやく覗かせた恥じらいに、ロザはぞくりとした。

「いくぞ……ちゅっ、ちゅ……れるぅ……っ！」

「んひぃっ！」

ロザは色素の薄い花に口づけを落とした。舌を突き出して、淫裂を下から上に舐めあげる。トリルが足をばたつかせても、ロザは決して彼女を離さない。唾液と蜜の混じった飛沫が顔に飛んだ。

「ひぉぉおっ！　おあぁっ！　そこは食べ物じゃないのですっ！　食べちゃだめぇっ！」

「んむ、ふぅ、じゅるるるっ、ぢゅぱっ！」

大きく音を立てて、湧き出す蜜を啜り上げる。飲んでも、飲んでも、ちっとも足りない。舐めているだけでこちらが先に達してしまいそう。腰をそわそわさせながら、それでもロザは口淫に専念する。他のことに意識を逸らしたくなかった。蜜口をねちっこく舐り、舌先でくすぐる。ときおり唇を動かして、柔肉の感触を楽しむ。蜜は、トリルのおへそのあたりにまで垂れつつあった。

「んふー、ふしゅ……ぢゅぷ、ぢゅうう……っ」

「はぁあぁあっ！　ああ、あ、またっ、またさっきのがぁっ！」

舌での刺激は鮮烈すぎたのか、トリルはあっという間に昇りつめてしまっていた。性を覚えたばかりだというのに、いきなり秘所をなめ回されては無理もないだろうか。落ち着かせるようにトリルのお尻を撫で、ロザは一生懸命舌を動かした。鼻で息をして、口はずっと秘所に吸い付かせたままにする。口元はもうどろどろだった。

「いぃよ、ひって……ほらっ、イけっ……！」

もう一度トリルをてっぺんまで押し上げようと、ロザは舌をトリルのナカへと埋めた。これまでさんざん濡らしてきたせいか、そこは初めての異物をたやすく飲み込んでいた。舌が熱くぬめったもので包み込まれるのを彼女は感じた。安心して気持ちよくなれるよう、ゆったりとした速度で舌を伸ばす。ナカを舐められる感触に、トリルは部屋中に響くほどの声を上げた。

「あっ、あっ、はぁあ、なにか、なにかくるぅうっ！　やっ、たすけて、かれんさまぁあぁっ！　あぁあぁっ！　はわぁあああああぁああっ！」

主の名前を呼びながら、トリルは二度目の絶頂を迎えた。

舌がきゅうきゅうと締めつけられて、トリルの味わった悦びをロザも感じ取る。名残惜しさを感じながらも舌を引抜いて、ロザは口を拭った。胸の鼓動が落ち着くのを待ってから、そっと持ち上げていたトリルの身体を下ろす。現実離れした体験の連続に頭がじんじ

んする。トリルに性的興奮について教えるという名目だったのに、結局ろくに教えないまま、一方的に責めてしまった。トリルの痴態に当てられていたように思う。いつもなら、もっと落ち着いてできるのに。

「はぁっ、はぁぁっ……」

「大丈夫か……？　トリル……」

トリルは寝転がったまま荒く息づいている。頬には幾筋もの涙の跡があった。やりすぎてしまったかと、ロザは彼女に声を掛ける。

「と、トリルは……」

トリルが薄く目をあけ、何かを言おうとした瞬間——

「血の準備はできた？　私、もう待ちきれないわっ！」

ノックもせずに、カレンが寝室に入ってきた。

「カレン様っ！」

驚くような機敏さでトリルは跳ね起きた。裸のままでベッドから飛び降り、カレンの前に跪く。あっけにとられているロザが見守る中、カレンは微笑んでトリルの頭を撫でた。

「ねえ、今どうなっているの？」

「ごめんなさい、カレン様……。トリルはまだニンゲンをコウフンさせてないのです……」

「まぁ！　本当？」

カレンに見つめられて、ロザは居心地悪そうに腕組みした。カレンもさっきまで自分たちがしていたことの意味を知らないだろう。どう説明したものか、困ってしまう。

「そんなことないと思うわ。あの子の準備は完璧よ！　あんなにきらきらして、血を匂い立たせて……ああ！　たまらない！」

カレンはうっとりとロザに微笑みかけた。相手は子どもだというのに、ロザは一瞬だけ猛獣を前にしたような気分になった。

喰われる――そう感じた。

「あれ？　そんなのおかしいのです。トリルは何もしてないのに……」

二人の言葉でロザは気づく。

『おいしい血』のためには性的興奮が必要だという。ならば、自分はもう興奮している。トリルの身体に触れ、その花びらに口づけを施して、思い切り昂っている。性的興奮を得るだけなら、する側もされる側も関係ない。

「ありがとう、トリル。私のために頑張ってくれたのね」

「騎士として当然なのです！」

トリルの額にキスしてから、カレンはベッドに上がった。そのまま、カレンは歯を剥き出しにして笑う。

カレンの糸切り歯は、獣の牙のように長く鋭かった。刃物で身体を傷つけて血を採るものだと、今までロザは想像していた。だがあの牙は間違いなく、獲物に食らいつき、血を流させるためにある。ロザは青ざめた。

「さぁ……ロザ。私に血を！」

カレンに見つめられて、ロザは逆らえなかった。

「ふふ、いい子」

幼子をあやすようにカレンはロザを優しく抱いた。

そのままカレンはロザの髪をかき上げ、彼女の首筋を露わにする。

そこから採られるのだと察し、ロザは身体を硬くした。首筋が急に熱を持つ。

「いただくわぁ」

湿った囁きで力が抜けた瞬間、首筋に牙が突き立てられた。

「うく……」

鋭い痛みが一瞬だけ走った。しかし痛みは淡雪のように消え、ロザはかけがえのない何かが奪われていくのを感じた。カレンは牙から直接血を採ることができるらしい。首を食いちぎられなかったのは幸いだが、それでも底冷えする感覚が首から全身へと広がっていく。

「あ、あぁ……」

血を吸われながら、ロザは涙をこぼした。何故だか、カレンに吸われるのが嬉しくてし

かたない。血を失っていくことに幸せを感じる。このままじゃ危険だと訴える心の声は、夢のようにかすんでいった。身体から力が抜けて、瞼が重くなる。絶頂とは真逆の、静かで穏やかな安らぎ。このままずっと眠っていたくなる。

「あはぁ……潤う……」

気がつくと、ロザはカレンに抱き留められていた。横倒しの視界でカレンが恍惚と口元を手で覆っている。その口の端からは、一筋の赤い血が垂れていた。碧眼も赤く濁り、紅玉のように輝いている。黒い羽を目の当たりにした時よりもはっきりと、ロザはカレン達が人外なのだと感じた。

「トリル。貴女もこの子の血を頂きなさい」

「承知なのです！」

カレンの呼びかけで、トリルもロザのもとに駆け寄る。期待に満ちた目は、ご馳走を前にした子どものそれだ。血を吸い尽くされて、死んでしまったりしないだろうか。

「怖がらないで。大丈夫よ」

ロザの不安を感じ取ったように、カレンは彼女に囁いた。

トリルが大きく口を開ける。糸切り歯が鋭く伸び、牙に変わる。

さっきとは反対側の首筋に熱を感じながら、ロザは暗闇に深く沈んでいった。

×××

「よかった！　無事だったのねっ」

「心配しましたよ！」

目覚めると、カレンとトリルに覗き込まれていた。まだ自分はさっきの寝室にいて、これまでのことが現実だったのだとロザは突きつけられる。血を失ったせいか、まだ身体に力が入らない。ヘッドボードにもたれるようにして、どうにか身体を起こす。トリルは服を着ていて、自分の乱れていた服も整えられている。気絶している間、ずっと見守られていたのだろうか。

「さっきのが、あんた達の食事……」

恐る恐る首に触れてみると、牙を突き立てられた痕は塞がっていた。そうした力もあるのだろうと、納得するしかない。ロザの言葉にカレンは頬を染めて、彼女の手を取った。

「とっても美味しかったわ……ありがとう、ロザ」

「それならあたしは宿代を払ったってことだよな？」

それが最初に確認しておきたいことだった。

「もうここは宿ではないわ。貴女のおうちよ」

「カレン様のお屋敷は大きいから、ニンゲンの部屋だってちゃんと用意してあるのです」

ここにいていいのだと思うと、ひどく気持ちが楽になる。また枕に頭を沈めると、カレンが顔を覗き込んできた。

「貴女って疲れやすいのね！　だけどまだ眠らないで？　私の眷属になってほしいの！」

「なんだって？」

聞き慣れない言葉にロザは面食らう。眷属とは、どういうものなのだろう

「私の眷属になって私とトリルの夢を叶える手伝いをしてほしいの」

「夢を叶える……？」

よくぞ聞いてくれた、と言わんばかりにカレンは華やぐ。トリルの手を引いて、彼女はベッドの上に立った。二人は天を指差し、大見得を切る。

「私達は貴女の血で力を取り戻し……吸血鬼の悲願、地上への帰還を成し遂げるの！」

「我々の夢が、ついに叶うときが来たのです！」

二人の言葉は希望に満ちあふれ、夢は必ず叶うという無邪気な確信があった。

地上に帰るということは、この街は地下に存在するのだろうか――ロザの中で、謎がまた増える。そして次にロザが思い浮かべるのは自分が生まれ育ったあの汚れた街だった。イリスとの思い出や、最後の裏切りまで頭から引きずり出され、ロザは苦い思いを抱く。

地上は、二人のように目を輝かせて語るような場所ではない。

「……帰れたら、いいな」

しかし、ロザは二人に現実を突きつけなかった。機嫌を損ねて追い出されたくなかったし、なによりあの瞳の輝きを曇らせるのはとても残酷なことに思えたからだ。力いっぱい夢を語る少女達は、ロザにとって穢すことのできないものだった。

「その時はついてきてね？　貴女も戻りたいでしょう」

もはやロザに、地上への未練はない。それでも彼女は静かに頷いた。

「それじゃあ、私の血を受け入れてね」

「これからもカレン様の手伝いをさせてやるのです！　光栄に思うのです！」

カレンとトリルはお互いの手のひらを合わせ、互いのそこを軽く指で引っ掻いた。すると手のひらを離した瞬間、泉のように血が溢れ、指先へと流れていった。そうして二人は一掬いの血を、ロザの前に差しだす。

「こぼしてはダメよ？　さぁ……」

鼻先につきつけられた二人の血に鉄臭さはなく、ワインのようにも感じられた。しかし血を啜るという行為に忌避感が拭えず、ロザは尻込みしてしまう。

「あたしまで飲まないといけないのかよ？」

「カレン様から力を分けていただけるのですよっ！　早く飲むのです！」

力とは人間離れした腕力や黒い翼のことだろうか。あんなもの、欲しくはないのだが。

「怖がらないで、平気だから……」

ロザに選択肢はなかった。わけも分からないまま、躊躇いがちにロザは顔を寄せ、二人の指先に口づける。

「ん……ちゅ、ぢゅる……」

冷たい感覚が舌から喉へと流れていく。身体が内側から、変えられていくような錯覚。

少女の血に引き込まれていく。こぼさないように、ロザは少女達の指先を舐めしゃぶる。

「そう……残さず飲んで……」

「綺麗になるまでするのですよ！」

流れ出る血がすっかり止まってしまうまで、ロザは二人の血を受け入れた。

ロザはもう、吸血鬼の眷属だった。

# 第二章　夢見る吸血鬼

眷属とは吸血鬼の力の一部を借り受けることで、末永く主に奉仕する存在――らしい。

カレンとトリルの血を受け入れた後で、ロザは眷属についての説明を二人からされていた。例によって二人の曖昧な説明では分からないことだらけだったが、ロザは眷属をこの世界での使用人のようなものだと思うことにした。使われる身分には慣れている。屋敷に置いてくれるなら、それでいい。

そんな立場となってから初めての仕事は、寝室でカレンとトリルを見守ることだった。

今、カレンとトリルはロザの目の前で絡みあっている。

二人してくっついているから、カレンとトリルの肌色の違いがよく分かる。カレンの肌はトリルよりも更に白く、危うげだった。彼女の身体は大人への階段に足を掛けたままで止まっている。完成された未完成、とでも表現すればいいのか。

カレンの細い身体のあちこちには肉がつき始め、腰もくびれている。胸はそれとわかるほど膨らみ、彼女の動きに合わせてふるふると揺れる。顔つきや身体から丸っこさは失われつつあって、その横顔はより美しくなるであろう将来の姿を思わせる。年上好みのロザでも見とれてしまう。人形めいた印象と合わさって、芸術品のようでもある。けれどそんな自分の魅力に気づいていないのか、カレンは元気よく笑う。裸の身体に触れるトリルの手が、くすぐったくてたまらないらしい。

「ふふふふっ！　くすぐったいわ、楽しいわ！」

「気持ちよくないですか……？　カレン様」

「気持ちいいわよ！　あははははっ！」

ベッド脇に置かれた椅子にどっかりと腰掛け、ロザはカレンとトリルの交歓のようなものを見守っている。眷属になった翌日、ロザはカレンにあの行為の再現を迫られていた。あの日ロザとトリルがしていたことに興味津々なようで、ロザの返事を聞く前にカレンは服を脱ごうとしていた。しかし、そこに割って入ったのがトリルだった。

――ニンゲンがカレン様に触れるなんて不敬なのです！

彼女はそう言い放ち、代わりに自分が相手すると申し出たのだった。以来、トリルはカレンを独占している。

「ぞわぞわ……ってしますか？　おまたがむずむずしますか？」

「いいえ、ぜんぜんっ！　だけど、身体に触れたり、あそこに口を付けたりするのは分かったわ。そうよね、ロザ」

カレンは自らの胸や秘所を指差す。乳首は乳輪がぷっくりと盛り上がっていて、秘所にはすで薄い茂みがある。ロザはそっとカレンから目を逸らした。無防備すぎて、心配にな

る。よほどぬくぬくと暮らしてきたのだろう。

「まぁ、間違っちゃいないよ……」

「さすがカレン様！　もうセックスを覚えつつあるのです！」

行為からはじき出されたロザに回ってきたのが、二人の指南役だった。じゃれ合う二人を見守りながら、アドバイスしたりほめたりする、妙な仕事だった。お互いにその気がないものだから、ロザの見る光景は少女同士の行為という淫靡で倒錯したイメージからほど遠いものだ。初めはそれなりに真剣だったロザも、今は子守のような気持ちで眺めている。

この調子だと時間が掛かりそうだ——やり方を身体で学んだトリルの手つきは、確かに以前より優しくなってはいるけれど。

外で鐘が鳴る。音に釣られて、ロザは窓に目をやった。カレンの寝室は二階にあり、大きな時計塔がよく見えた。あれがノクタミラで唯一の時計であり、日に六回ほど鐘の音を響かせている。最初の鐘が朝、六度目の鐘から次の日の鐘までが夜の訪れを意味しているようで、鐘が鳴るたびに上空にあるあの巨大な円盤、『月』の明るさが変わる。見知らぬ街に迷いこんでも、以前と同じような時間感覚で過ごせるのはありがたかった。

「今日のレッスンはお開きだな。次はもっとうまくやれるさ」

鐘の音を区切りとして、ロザは伸びをした。今のは昼時を告げる鐘だ。実のところ、レッスンが終わっても特にやることはない。後は『月』の光が弱まるまで、自由時間だ。

「んぅ……じゃあ、私は一眠りしようかしらぁ……」

「ではトリルが添い寝するのです！　夢の中でもいっしょです」

カレンはあくびして、裸のままベッドに倒れた。トリルもいそいそと隣に収まり、二人仲良く見つめあう。

カレンは鐘の音に縛られず気ままに暮らしており、好きな時間に寝起きして読書や昼寝、おしゃべりに興じていた。吸血もそれほど頻繁には必要ないらしく、眷属となった日以来、ロザは血を求められなかった。ここに来てから数日になるが、ロザは時間を持て余していた。初めての吸血で体調が優れなかったこともあり、今日まで屋敷に引きこもっていたが、そろそろ限界だ。

それに――

「カレン」

「なぁに……」

声を掛けると、カレンは律儀に身体を起こした。

「どっかでメシは食えないのか」

お腹をさするロザに、カレンは首をかしげた。

「どうして？　そんなの必要ないのに」

「そりゃそうだが……」

眷属になってから、ロザはまったく食事を摂っていない。初めての吸血を終えた直後に彼女は食事を求めたが、そんなものはない、というのが返答だった。血を糧にする吸血鬼にとって人間のような食事は不要で、その眷属もまた、飢えとは無縁の存在らしい。事実、屋敷には食料庫が存在しておらず、酒やお菓子といった嗜好品さえ見当たらなかった。

「腹は減ってないけど口寂しいんだよ」

食うに困ることはないと知って、ロザも初めは喜んでいた。しかし時間が経つにつれ、何かを食べたいという気持ちが強まっていく。貧民街の粗末なパンや混ぜ物が多い安酒さえ、今ならごちそうだ。

「いらないのだから、我慢すべきです！」

「もう、トリルったら……」

トリルはロザの頼みをばっさりと切り捨てようとした。そんな彼女に困ったような笑顔を向け、カレンは考え込むように目を瞑った。

「図書館に行けば、なんとかなるかも」

「どこだ？」

手がかりを得たことでロザは色めき立つ。屋敷の中にいても分からないことだらけだ。カレンとトリルは頼りにならないし、書庫の本も学のないロザにとっては難解すぎた。外に出て誰かに話を聞きたかった。気のいい教えたがりはどこにだっているものだ。

「時計塔の下よ、窓から見えるでしょ……」

「ありがとよ」

「待って！　ねえ、トリル……ロザの案内をしてあげて」

椅子から立ったロザをカレンは呼び止めた。そして傍らのトリルに命令を下す。添い寝を邪魔され、トリルは頬を膨らませた。

「しょうがないですね！　カレン様のお心に感謝するのですよ」

裸のままベッドから飛び降りたトリルに、ロザは肩をすくめた。

「お願いね。私は……もう限界……」

そんなに眠いのか、カレンは可愛らしくあくびして、ベッドに身を沈める。ずいぶんと寝付きがよく、ロザとトリルの見ている前で彼女は目を瞑って動かなくなる。寝息も身じろぎもなく、眠っているというか停止しているという感じだ。

「トリルは服を着てきます！　そこでおとなしく待ってるのですっ！」

その寝入りを見届けてから、トリルはロザを指さし、どたどたと寝室から出て行った。

頼もしい連れ合いができたもんだ——ロザは子守を任された気分で、窓から時計塔を見遣った。

×××

まだ昼時だというのに、ノクタミラはひっそりとしていた。上空にある『月』が煌々と輝いているおかげで、街はとても明るい。しかし狭い街路に往来はなく、他の家からも気配を感じない。看板や屋台の類いも見当たらず、街に誰かが訪れることを想定していないようだ。事実、まれにすれ違う吸血鬼と思しき住民は、皆こちらに困惑した視線を向けるか、陰気な顔で下を向いて歩いているかのどちらかだった。悪臭や騒音がないのはありがたいが、かつての都会が恋しくなる。ノクタミラは、生きていない。

「こっちなのです！　迷子になっても探しませんよ！」

トリルに手を引かれ、ロザはノクタミラを歩いていた。目的地は斜面を下った盆地の底にあり、二人は坂道を下っていく。トリルの案内なしでも問題なさそうだったが、帰れと言っても彼女は聞かないだろう。

「ここってさバケモノも棲んでるのか？　レッドキャップとかボガートとか……」

歩きながらロザはトリルに話しかける。代わり映えのない風景には飽き飽きだった。カレンとトリルのように幼い見た目の者だけで暮らせるということは、それなりに安全なのだろう。しかし、吸血鬼のような存在がいるのなら、他にもこの世ならざるものが街に潜んでいてもおかしくない。ロザの挙げた怪物に、トリルは首を傾げた。

「よくわかりませんが、そんなのノクタミラにはいません。でも何がでたって、怖がることはありませんよ。トリルは騎士なので！　オマエも守ってあげるのです！」

「ハ！　馬にも乗ってなけりゃ、剣も提げてないのに騎士様なのかい……」

ロザにとって、それは軽口のつもりだった。

「それはそうですけど……で、でもっ、トリルは……カレン様の……」

だがトリルは急に言葉を乱し、表情を曇らせた。耐えるように押し黙ったまま、彼女はロザをじっと見つめる。その瞳には、涙が湛えられていた。

「おっ、オマエまで他の吸血鬼みたいなことを……っ！」

トリルが涙を溢す。ロザの何気ない一言に、彼女はひどく傷ついたようだった。

「……悪かったよ。見た目なんて騎士かどうかには関係ないよな、うん」

顔を引き締め、ロザはトリルに謝る。誰にだって譲れないものはある。カレンの騎士であることは、トリルにとって決して汚されたくないのだろう。それだけ、主を心から慕っているらしい。

「そのとーりなのです。剣も鎧もなくたって、トリルは騎士なのです……」

袖で乱暴に目を擦り、トリルは胸を張った。彼女が立ち直ったことに安心しつつ、ロザは空気を変えようと口を動かす。

「あのさ、なんでトリルは騎士になろうと思ったんだ？　女の子だと結構珍しいんじゃないか……」

ロザにとって騎士はおとぎ話の存在だ。紳士的で武勇に優れた理想の男性像というのが騎士に対するイメージだ。幼い頃、騎士ごっこに興じる男の子を冷めた目で見ていた記憶もある。騎士という称号は可愛らしいトリルには不似合いに思えた。

「あこがれだからなのです！」

トリルの声に熱が籠もるのを感じた。繋いだままの手が痛いほどに握りしめられるが、ロザは黙って続きを促す。

「ばあやが聞かせてくれたお話で騎士はいつでも格好よくて、強くて、素敵なご主人様に仕えていて……ずっとあこがれでした」

「ばあや？　あの屋敷にそんなのがいるのか？」

「違います……ノクタミラに来るよりずうっと前のことです。外に出られなかったトリルのために、ばあやがたくさんのお話をしてくれたのです。もう、顔もよく覚えてませんが」

もしかして、トリルも彼女達の言う『地上』からこの世界に迷いこんだ人間だったのだろうか。ロザはまだ、トリルのことをほとんど知らなかった。

「ずうっと前って……その時はどうしてたんだよ」

外に出られなかったって、一体——ロザがトリルに疑問をぶつけると、トリルはゆっくりと過去を語りはじめた。

「ええと、たしか……昔のトリルはずっと、狭い部屋にいたのです！　お話ししてくれるのは、ばあやだけで……他の人はみんなだんまりだったことは覚えているのです。部屋の外に世界があるなんて、ばあやの作り話だと思ってました……外に出てみたかったけれど、部屋から出してもらえなかったし、その頃のトリルはすぐに疲れちゃったから……」

　語られるのは異常な生活だった。トリルは外に出るのを禁じられていたという。騎士になる前のトリルを、ロザは想う。

　貸本屋で流行っていた悪趣味な実録小説にもそうした話があった。不義の子ゆえに存在を許されず、ずっと幽閉されていた貴族の少女の物語。トリルはそうした物語の原形となる少女だったのか。

「でも誕生日に、トリルはほんとに外へ出してもらえたのです！　ばあやの言う通り、森には木がたくさんあって、空は青色で……湖っていう大きな水たまりがあって、びっくりしました。とっても綺麗で、それだけはよく覚えています！　トリルは地上に戻ったら、あの森や湖を見に行くつもりなのです！」

「そうか……」

　小説の結末は、こうだ。

　いないものとされていた少女はついに、何度目かの誕生日、何も知らないまま――

「言いたくねえなら言わなくてもいいからな」

「……？　すごいのは、ここからです！　それで、トリルは湖の妖精に会わせてもらえることになったのです！　水に潜れるように重りをつけてもらったから、どんどん沈んでいって……それはちょっと怖かったのですが……でも、気がついたらカレン様がトリルを起こしてくれたのです！　ノクタミラにようこそ、って笑ってくれたのです！」

我が身に降りかかったものの重みすら、トリルは理解できなかったのか。ロザは気づかないうちに唇を噛みしめていた。

「カレン様に会って、トリルは気づいたのです！　トリルはカレン様の騎士になるために生まれてきたんだって！　騎士は偉い王様や素敵な貴婦人を守るものですから！」

しかしそれでもトリルの語りはこの冷え切った街であたたかな癒やしだった。なりたいものなどなく、ずっとその日暮らしを続けてきたロザにとって、彼女の真っ直ぐなあこがれはあまりに熱すぎた。独特の言葉遣いも、主に対する騎士の口調を真似たものか。トリルは全身全霊を懸けて、騎士たらんとしている。身の上がどうあれ、トリルがカレンと出会って救われたのなら、それでいいと思うしかない。

「カレンは確かに、王様だし貴婦人って感じだよな。分かるよ」

ぎこちなく、そう返事する。見た目も振る舞いも幼いのに、なぜかカレンには相手を傅かせるだけの迫力と魅力がある。ロザの同意にトリルは瞳を輝かせた。

「その通りなのです。カレン様は本当に尊い方なのです！　トリルはカレン様のことが、だいだい……だーいすきなのです！」

計り知れない愛の大きさを示そうと、トリルは両手足を広げて何度も跳び上がる。静かな街にその声はよく響いた。主への無邪気な愛慕に心の隅がひりひりと痛む理由は、かつては自分も、一人の主を愛していたから。

「でも、最近ヘンなのです！　カレン様もトリルのことをずっと大切にしてくれたのに……最近はニンゲンの話ばっかり……むぅ」

いかにも不満げにトリルは頬を膨らませる。トリルの言葉で、ロザは気づく。

——この子がつっけんどんな態度をとり、あたしをニンゲン呼ばわりするのはやきもちを焼いているからなのか。

あの態度の正体が可愛いやきもちだったとは。ロザは噴きだしてしまいそうになるのをなんとか耐える。愛する主が降って湧いた客に気を取られていては面白くないだろう。吸血鬼も恋をすると分別をなくしてしまうらしい。

「ハ……心配するなって、別に女王様を騎士様からとったりしないからさ」

「当たり前なのです！　でもカレン様の夢のためにこれからも頑張るのなら……トリルもニンゲンのことを認めてやってもいいですよ」

「血なんていくらでも分けてやるさ。だから今は、あたしのメシのために手伝ってくれよな」

「しょーがないのです、それがカレン様の命令ですからね。ほらっ！　もうすぐ図書館につきますよ！」

トリルの指差す先には大きな時計塔がそびえていた。

「すっげえ……」

近くで見てみると、時計の壮麗さに圧倒される。

文字盤は夜空のような色をした紺色の金属で作られていて、そこに四色の星がちりばめられていた。時計の針や文字盤の数字は黄金に輝き、まるで星の光のよう。ノクタミラの空はいつも分厚い雲海が立ちこめて星が見えない。そんな街に夜空を模した時計があるのは、たとえこの場から見なくても、星を忘れたくないという思いを感じさせた。

「早くするのですよ、ニンゲン」

ロザを無視して、トリルはさっさと中に入ってしまう。上を向いたままでロザは図書館の中へと入っていった。

図書館は閑散としていた。役所の一部を読書できる場所として開放しているだけのようにも見える。広さは安宿の客室を二部屋ほどぶち抜いた程度のスペースだ。その壁際にこぢんまりとした本棚が置いてあって、閲覧用の大机には青白い顔の吸血鬼が二、三人、まばらに座っている。これでは蔵書量も利用者数も街にあった貸本屋に負けているだろう。

早速話を聞いてみようと、ロザはトリルを連れて部屋の奥のカウンターに向かった。眼鏡をかけた女と髪の白い気弱そうな女が、並んで座っている。

「よく来たね。君……ちょっと前にここへ流れてきた人間だろう？」

ロザを出迎えたのは、眼鏡の女の方だった。隣の女は驚いたように、じっとロザ達を観察している。

眼鏡の女は黒い長髪をお下げにして肩から垂らし、穏やかな笑みを浮かべていた。地味だが仕立てのよい服装や知性を感じさせる雰囲気から、ロザは教師や医者を想像した。顔立ちや肌からして、東洋の出身か。ノクタミラに異国人がいるのは意外だった。

「そうさ。ロザってんだ、よろしくな。あんたがここの司書さんかい？　色々と聞きたいことがあるんだけど」

「何でもどうぞ。見知らぬ世界で戸惑っているだろう？　私なら、力になれると思うよ」

「ありがとう……すげえ助かる」

『大人』と会話しているという実感にロザは感動してしまう。カレンもトリルも友好的だが、情報収集の場面では頼りない。知りたいことは山ほどある。一つ一つ、丁寧に教えてもらいたい。

「こっちは長くなりそうだ、適当に待っててくれ。当分ここにいるからさ」

「そうするのです。いい子にしてるのですよ！」

話の前に、ロザはトリルを解放した。案内役ということで律儀に側で立っていたが、彼女は露骨に退屈そうだった。さっとロザから離れて、面白そうな本を探し始める姿はやはり子どもだった。

「じゃあ聞きたいんだけど、ええと……」

「私はフィーラ。ここの管理を任されている、人間だよ。吸血鬼の仲間と、この街を整備している。ああ、年齢は五百歳ぐらいかな」

その年齢に面食らいながらも、ロザは話を続ける。話を聞く内に、彼女のことも理解できるだろうから。

「……フィーラさん、あたしは何にも分かってないんだ、ノクタミラのことも、吸血鬼のことも、カレン達のことも……。いったいここは『どこ』だ？」

食事よりも優先したのは、根本的な疑問の解消。結局、今の自分は何も理解できていない。分からないことだらけでは、居心地が悪い。

「ここ――ノクタミラは人間の世界とは異なる、吸血鬼の世界だよ。ねえロザ君、幼い頃におとぎ話で海や川に沈んだ不死身の怪物について聞いたことはないかな」

「石の怪物ってのは聞いたことあるけど……？」

ロザの漏らした言葉にフィーラは頷き、そのおとぎ話の説明を求めた。乞われるままに物語を諳んじると、彼女は嬉しそうに手を叩いた。

「それだよ！　遠い昔、日に焼かれた怪物が水底へ逃げて、辿りついた世界……それがここなのさ」

「はぁ……」

　おとぎ話が現実にあったことだなんて、荒唐無稽もいいところだ。しかし、実際に水底へ沈んでここに辿りついてしまった以上、事実なのだろう。

「漂着した文献を紐解いてみると君の聞いたおとぎ話は特定の地域だけに伝わっていてね。おそらく君の住んでいた地方で、おおよそ千年ぐらい前に神と呼ばれるような超越的な存在が吸血鬼を追放したことは間違いなくて……この場ではあらゆる年代の人間の言語が通じることや『月』の存在もここが何らかの目的で作り出された、地上とは隔絶された空間であることを証明していて……」

　フィーラの発言のほとんどがロザには理解できなかった。どうやら大昔に何かがあったということらしい。

「悪い、難しい話はさっぱりだ」

「失礼、脱線したね。ともかく、太陽のない世界に追いやられた吸血鬼達は街をつくり、ノクタミラと名付けた。以来、吸血鬼達はずっとここに閉じ込められているわけ。たまに君みたいな地上の存在が漂着してくることはあるけどね、地上に戻った吸血鬼は一人もいないよ」

「んじゃアレか？　ここは……デカい牢獄みたいなモンなのか」

　活気のない街の様子をロザは思い出した。すでに住民のほとんどが、獄中での生活に倦み疲れているようだ。ずっと囚われの身なんてぞっとする。カレンとトリルもあの幼い見た目のまま、そのように生きてきたのだろうか。

「良い例えだね。看守がいないほかは、我々は囚人と変わりないよ」

「……あたし達以外の人間は？」

「いないよ。私と君だけ。漂着には周期があってね？　地上のものがよく来る時と来ない時があるんだ。この時期に生きた人間が漂着してくるなんて、本来ありえないことなんだけど……ま、奇跡だね」

「ふむ……」

ロザは考え込む。大体の事情を理解したが、だからといってできることはない。しかし今の状況をロザは嘆こうとは思わなかった。あの日、大河に飛び込んだのは、自分自身の納得のためだ。結果がどうであれ、後悔はない。

「戸惑うことは多いだろうけれど、じきに慣れるよ。助けが必要ならいつでも言ってくれたまえ、私達はノクタミラの管理者だからね。君のことだって来た時から知ってたんだよ」

私達、というフィーラの言葉で彼女の隣にいた白い髪の女もぎこちなく会釈した。人間の存在がよほど衝撃的なのだろうか。

朗らかに笑うフィーラに、ロザは曖昧な表情を返した。彼女の妙な馴れ馴れしさも来客が久しぶりだからなのだろう。

「それなら早速助けてほしいんだけどさ、ここらで食事できるところはないか？　血じゃなくて、人間の食べ物が出るところ……」

頭を切り替えて、ロザはもう一つの目的を果たすことにする。とにかく、あたたかい食事にありつきたい。地上での質素だができたての食事を思い出すだけで、お腹が鳴る。

「人間らしい食事だね？　それなら――」

フィーラが案内しようとしたところで、激しく机を叩く音がした。

ロザが振り向くと、そこには椅子に立って机から身を乗り出すトリルがいた。

「カレン様はバカなんかじゃありませんっ！　なんでそんなことというのですかっ！」

トリルは机の向かい側の男に怒っているようだった。男は陰惨な目つきで彼女を睨めつけ、口の端を歪ませる。

「フン……叶いもしない夢を語るばかりの空想家め。耳障りなんだよ……！　お前達の絵空事は……！」

「叶いますっ！　カレン様とトリルは、ぜーったいに地上に帰るのです！」

男はいかにも見下した風にトリルをせせら笑い、首を横に振る。煽られた彼女は椅子の上で思い切り飛び跳ね、勢い余って椅子から転げ落ちそうだった。何が起こったのか考えるより先にロザは大股で二人の間に割って入り、男の肩を突いた。

「なんだよ……てめェ」

声を低めて男に詰め寄る。男のすべてが気にくわなかった。相手を見下した目が、賢しらな態度が、こいつが腐った性根の持ち主だと教えてくれる。殺気立つロザを前にしても、男は冷ややかな態度を崩さなかった。

「例のニンゲンか。憐れなことだな。こんな奈落に堕ちてきて……ハハッ……」

「トリルに何を言ったんだよ、おい」

ロザが本を掴んで男の横面を張り倒さなかったのは、トリルが助けを求め、こちらを見つめていたからだった。そのおかげで、ロザは冷静さを取り戻す。ただしいつでも殴れるように、本は掴んだままにしておく。

「とっ、トリルは……今度こそ、帰れるはずって……伝えたかっただけなのに……」

いかにも不安げにトリルが顔を寄せてくる。彼女は顔を真っ赤にして、一生懸命泣くのを我慢していた。それでもこらえきれなかった涙がぽろぽろとトリルの頬を濡らし、ロザの胸をいっぱいにした。

「大丈夫だ」

男から目を離さず、震えるトリルの頭を撫でる。理由はどうあれ、少女を泣かすような手合いだ。引くつもりはない。

「現実を教えてやっただけだ。いくら聞かせたところで、コレは理解などしないがね」

顎で指されたトリルは怯えたように息をのんだ。彼女に腕を引かれ、ロザは決める。

とりあえず、この男はぶん殴るべきだ。

「ガキ泣かせて調子乗ってんじゃねえよ、クソ野郎！」

本で横殴りにしてやろうとしたところで、ロザは背後から腕を掴まれた。いつの間に近づいてきたのか、そこにはフィーラが立っていた。

「そこまでだ。図書館ではお静かに」

フィーラの口調は穏やかだったが柔和な笑みは消え去っていた。大きな声ではないのに、彼女の命令は腹の底まで届いた。ロザは本を下ろし、男も憮然として椅子にもたれかかる。

トリルのしゃくりあげる声だけが続いていた。

「彼女のような暴力は感心しないが……君も高貴な者とはいえない態度だったように思うよ。悪いけど、今日のところは帰っていただけるかな？　そもそもの発端は君だからね」

フィーラの言葉に男は鼻を鳴らし、席から立った。

「愚昧なニンゲンにもすぐに理解できる……今更、血を吸ったところで意味などあるものか。吸血鬼はどうしたってここから出られんよ」

最後まで嫌味な男に舌打ちしてから、ロザはトリルの顔を覗き込んだ。

「うっ、ううぅ……っ！　あうぅう……」

言葉にならないようで、トリルはロザに抱きついてきた。その重みによろめきながら、ロザはゆっくりと地面に下ろしてやり、それでもスカートに取り縋ってくる彼女の頭を撫である。しばらくはこのままだろう。

「なんだよ、アイツ！」

「カレンとトリルの『夢』を快く思ってない吸血鬼は多いんだ。二人はノクタミラで笑い者になってる。こういうことも、初めてじゃない」

ロザは顔をしかめた。嘲笑を浴びせかけられ、身を寄せ合う二人の姿が思い浮かぶ。激しい憤りに駆られ、ロザは他の吸血鬼達を見渡した。この騒ぎに無視を決め込んでいるこいつらも、内心ではトリルを見下しているのだろうか。

「吸血鬼はここに閉じ込められてるんだろ？　出ようとするのは当然なんじゃねえか」

「諦めたのさ」

ひどく疲れたように、どこか醒めたように、フィーラは言い放った。

「彼も言っていただろう？　どうしたってここから出られない……ってね。追放されてからずっと吸血鬼達は地上を目指していた。今より人間の血が手に入りやすかった頃は積極的に血を吸った。知恵を出し合って様々な研究を重ねた。私と私の主も、仲間を募ってずっと研究したさ。だけど、血を吐くような努力は一つとして実を結ばなかったんだよ。そして人間達は寿命を迎え、吸血鬼の力は損なわれ……未だ本気で帰れると信じているのは、もう、たった二人だけ……」

「だからって――」

「そうだね、カレンとトリルを馬鹿にするのは間違ってる。私も、止めようとしているのだけど……これがノクタミラの現実さ」

「クソッ……」

貧民街にもたくさんいた。すべてを諦めて、夢見ることを見下す連中。悟ったように現実とやらを語る手合い。ロザも、イリスに拾われるまでは絶望的な環境で生き抜いてきた。夢想家に醒めた感情を抱いたこともある。それでも、星に手を伸ばすように希望を求めることが愚かだと思いたくはない。何かが変わるかも、と期待を抱かずにどうして生きられるだろう。

二人とゆっくり話したかった。思う存分、その夢を語ってほしかった。ロザはフィーラに頭を下げた。

「色々ありがとな。あたしらは一度帰るわ。いいか？　トリル」

「はい……」

ロザのスカートで涙を拭いて、トリルは頷いた。立派なもので、もう泣いていない。

「嫌な話をして、すまなかったね。さて……食料のことだけど、後で私の仲間に届けさせるよ。種類は少ないけれど、一通りはそろってるはずさ。他にも、必要な物資は何でも頼んでほしいな」

「助かるよ、ありがとう」

トリルと図書館から出ようとして、ロザは見送りに来ていたフィーラに振り返った。最後に一つだけ、聞いておきたいことがあった。

「なあ、フィーラさん。あんたはどう思ってるんだ？　あいつらの夢について……」

フィーラは目を瞑り、俯いて、たっぷりと時間を掛けてから返事した。

「私も仲間とずっと研究してきた。あらゆる方法を検討したけど、駄目だった。今じゃ、ノクタミラの荒廃をくい止めるだけで精一杯さ……。でも、何百年ぶりに人間が落ちてきて、あのカレンと出会ったんだ。何かが起こるって信じたい……どうか信じさせてほしい」

そんな彼女にロザは頷き、図書館を後にした。

×××

「あの、ニンゲン」

「うん？」

トリルに呼びかけられ、ロザは横を向いた。

さっきまで二人は黙々と帰路についていた。急勾配の道は行きよりも帰りの方が大変で、どうしてもロザは言葉少なになる。トリルの方は元気こそなかったが、坂を上るのはまったく苦にしていないようだった。それなりに歩いたのに汗一つかいてない。

ちょっとは元気を取り戻したのかと、ロザは歩調を緩める。

「なんであんなに怒ったのですか」

「別に……ムカついたってだけ」

トリルによく思われたくてやったつもりはない。お礼の言葉なんてこそばゆいだけだ。

素っ気ない返事でも満足したのか、トリルはロザの腕に抱きついた。

「カレン様とトリルの夢のことなんて、ニンゲンには分からないと思ってました……だけど、オマエもトリル達の話をちゃんと信じるのですね」

「正直、あたしもあんたらの夢のことなんて分かんなかったよ。宿代として血をくれてやってるだけで、後のことはどうでもよかった」

一度、言葉を切る。やはりトリル達のようにはなれない。こうしたことを臆面もなく語るのはどうしても照れくさい。

「だけどフィーラと話をして、なんつーか、やってやろうって気になったんだよ。……他にすることもないしな、あたしにできることなら手伝うよ。夢、叶えようぜ」

気恥ずかしさを堪えて、ありのままの本心を伝える。あんなやつらに負けてほしくなかった。二人の力になりたかった。ひたむきに信じた者が夢を叶えるところを、見せてほしい。そして地上に帰るときが来たのなら、連れて行ってくれと叫ぶ連中を見下ろして、嫌だねと言ってやりたい。

「そうです！　夢はぜったいに叶うのですっ！」

静まりかえった街にトリルの大声はよく響いた。トリルと見つめあっていると、ロザはわけもなく心が明るくなってくるのを感じた。

「今日からオマエもトリル達の仲間なのです！　頑張るのですよ、ロザ！」

「なんだよ、ニンゲンじゃなかったのか？」

「仲間だからです！　でも、カレン様の騎士はトリルだけですから！」

「分かったよ、騎士様」

ロザの考えはトリルとしても感じ入るところがあったらしい。

分かりやすいけれど悪くない。ロザは微笑み、トリルの背中を軽く叩く。帰ったら、トリルとカレンの分も料理をつくってあげたい。仲間、なのだし。

×××

テーブルクロスの上にお皿を置いた瞬間、待ちきれないと言わんばかりにお腹がきゅっとなった。できたてのパイの表面はマッシュポテトがぷつぷつと泡立って、いかにも熱そうだ。そこにスプーンをいれるとよく炒められた肉の匂いが立ちこめる。本来なら少し冷ますべきなのだけれど、久々の食事を前にして我慢なんてできるわけない。軽く息を吹きかけてから、ロザはあつあつのパイを口にする。

「んぐっ、う……はふ……ん～！」

やはり、熱い。口の中でも息を吹きかけつつ、いそいそと飲み込む。しっかりと肉の味がしてとてもうまい。お腹が空いていたこともあるが、食材も上等なのだろう。どれも混ぜ物で傷みを誤魔化したり薬で色をつけたりしてない本物の食材だ。

「それ、なぁに？」

「パイって知らないか？　羊の肉とマッシュポテトをオーブンで焼いたんだよ」

「知らないわ！　でもそれを食べてる貴女の顔、とっても素敵よ！」

お行儀悪く、食べながらカレンに返事する。もうスプーンが止まらない。

フィーラから送られてきた食材は、野菜がほとんどだった。こちらに漂着してきた難破船の積み荷などを栽培したものなのだと、同封の手紙には書いてあった。僅かな肉類は燻製されたものだけだったが気にならない。食べられるだけで幸せだ。それにこうして、屋敷の食堂で食べていると一層美味しく感じられる。テーブルクロスは綺麗で、椅子はふかふか、薄汚い下宿で餌のようなものを食べるより、ずっといい。

「地味な見た目なのです。もっと派手にできないのですか？　青色とか、ピンク色とか！」

「マズそうだろ、そんなの……」

不自然な彩りのパイを思い浮かべて、ロザは顔をしかめた。ここで生活するうちに、トリルは人間らしい感覚を忘れてしまったようだ。料理の風習がない吸血鬼の感覚は人間とは異なっている。人間の住まいを真似て、とりあえず作ってみたのか、あるいは以前の眷属が食事のために用意したのか、屋敷の厨房はとても小さく、設備も古かった。それでも上手にパイが焼けたのは、自分の腕前のおかげだと思っておく。

「……あんたらは食わないのか？」

無心に食べていたが、ほとんど平らげてしまったところでロザは手を止めた。カレンとトリルは物珍しそうに食事風景を眺めているだけで『分けて』とも『どんな味？』とも聞いてこなかった。二人が人間らしい食事を必要としないのだと、ロザは実感する。

「へーきですよ？」

「まぁ！」

ロザの言葉にトリルは不思議そうに首をかしげ、カレンは柔らかに微笑んだ。

「ねえ、トリル。せっかくだから頂いてみましょう！」

「カレン様がそう言うなら……」

カレンはトリルを促して机から身を乗り出す。そのままひな鳥のように愛らしく口を開けて、カレンはロザのスプーンを待つ。やはり可愛い。無性に胸が苦しくなってくる。

「食いさしで悪いんだけど」

「ほらっ食べさせて」

おずおずとスプーンを差しだすと、カレンはぱくりとそれを咥えた。同じようにしてトリルにもパイを分け与える。

「へぇ……これが、人間の食べ物」

「血とはぜんぜん違うのです」

二人は不思議そうに未知の食べ物を味わっていた。すぐに食べてしまうロザと違い、丁寧によく噛んでから飲み込んでいる。吸血鬼の感想を待ち、ロザは真剣な顔で二人を見つめる。どうせなら、おいしいって言ってほしい。

「どうだ？」

「とろとろで、ほかほかで……面白かったです。これ、トリルにもつくれますか？」

「レシピがあればな」

先に感想をくれたのはトリルの方だった。意外にも作る方に興味を持っている。あの時も性行為のために医学書を読んでいたし、勉強熱心なタイプなのかもしれない。

「それなら、いつかトリルがパイを作ってやるのです！　綺麗なパイ、作りますよ！」

まさかピンクやブルーのパイを作るつもりなのだろうか。トリルが料理をするときは監督しておこうとロザは心に決める。

「味は？」

「ぜんぜん、わからなかったのです！」

「そ、そうか」

元気よく言われると返事に困る。楽しめたようだし、良かったとしておこう。

「カレンはどうだった」

カレンの方を見ると彼女は困ったように首を振った。

「ごめんなさい……私にも、よく分からなかったわ！」

カレンの返事にロザは項垂れる。申し訳なく感じているのか、カレンの表情も浮かないものだ。

「でもね、このパイ？　というものを食べてる貴女はとても幸せそうだったから……私も貴女と同じものを食べられて、良かった。それは、ほんとのことよ」

「そんなに嬉しそうだったかな、あたし……」

がっつきすぎていただろうか。無防備なところを見られたのが恥ずかしい。ロザの質問にカレンは大きく頷いた。嬉しそうに頬を染めて、彼女は机の上に飛び乗る。そのまま四つん這いで彼女は近づいてきて、ロザの頬に手を添えた。

「ええ、あなたの身体、きらきら光ってるわ。トリルと触りっこした時とおんなじね……」

カレンに見つめられて、ロザは目を逸らした。少女が相手だというのに、妙な気持ちになってくる。カレンは美しすぎて、吸い込まれてしまいそう。

「喜んでいるのね、ロザ」

「……っ」

確かに、久々の食事に心はかなり浮き立っていた。トリルに触れた時とは異なるものだけど、昂揚しているのは確かだ。カレンは相手の心の動きを感じ取れる力があるらしい。今度フィーラから、もっと吸血鬼のことを聞いておこう――目を伏せながら、ロザはなるべくカレン以外のことを考えようとする。彼女に迫られると何でも言うことを聞いてしまいそうで怖かった。

「くす……おいしそう……」

カレンの声音には甘く濡れたものがあった。そんな声をカレンが出すことに、戸惑いを隠せない。

――これからあたしは血を吸われるんだ。

確信に近い予感を抱き、ロザの呼吸が忙しくなる。血を吸われるということは、またお互いの身体を触ることになる。こんな少女に色気を感じるなんておかしいはずなのに、心臓がはっきりと鳴り、血の巡りが早くなる。まるで早く吸ってほしいと言わんばかりに。

「私達にも食事させて？　いいでしょう？」

カレンの言葉に、ロザは湿った吐息を漏らした。

「トリル、行きましょ」

「トリルも吸っていいのですか？」

「遠慮しなくていいわっ、いっしょに……ね」

「ありがとうございます！」

カレンは机から猫のように降り立ち、座ったままのロザの腕を引いた。トリルも椅子から飛び降りて、ロザの方に回り込んでくる。少女に挟まれて、ロザはもう逃げられない。

そのまま無邪気に手を引かれ、ロザは寝室に連れていかれる。食事したばかりで身体も洗っていないのに、そんなことはお構いなしのようだった。そのままロザはベッドに押し倒される。ロザの見ている前で二人は笑いあいながら服を脱がせあい、肌着とドロワーズだけになる。

「ロザ、今夜は私達がするからね」

「練習の成果を見せてあげるのです！」

なんとなく、そうなる予感はあった。トリルの乱暴な行為が思い出され、身体に緊張が走る。あんな子犬のじゃれあいみたいな練習で上達したとは思えない。練習中、二人はくすぐったがってばかりだった。

「や、やさしくだぞ？　やさしくな……」

「もちろんよ、ちゃんとトリルから教わったんだから」

言うやいなや、カレンは勢いよくロザの首筋に顔を埋めた。うっすらと汗ばんだ首に鼻面が押し当てられ、嗅がれてしまう。カレンの金髪がさらさらと顔にかかった。

「ん、ちゅ、ちゅる」

「あうっ……ひぁ……」

「ふふ、貴女の首筋は私だけのものなんだから」

首筋に何かするのは特別なことだと、トリルも言っていた。牙を立てることなく、カレンはロザの首筋にキスして、舌を当ててくる。むずかゆさと心地よさの混じった感覚に、ロザは声を我慢できなかった。

「トリルはこっちです！」

「あ、こらっ！」

首に気を取られていたら、だしぬけにドレスの胸元を押さえている紐を解かれた。カレンの反対側からトリルがロザに襲いかかっていた。

緩んだドレスはあっさりとずりおろされ、ロザの乳房がいかにも重たそうにこぼれ落ちる。そのまま、トリルはロザの胸へと攻め込んでいく。以前のように乱暴なことはせず、弱い力で揉んでくる。彼女はちゃんとロザの教えを覚えていたようだった。

「おお……！　おっきい……柔らかい……重たい……」

「や、あっ！　トリルっ！」

自分にはない大きさに魅了されているようで、トリルはロザの豊かな胸を指でつついたり、手のひらで揺らしたり、頬ずりしたりとおもちゃにしていた。こんなの愛撫じゃないのに、勝手に意識してしまって、焦らされていく。

「まぁ、可愛い声！　もっと聞かせて！　ぢゅる、ぢゅうっ」

「かっ、カレンも……こんなの、あたしっ……んふぅう！」

カレンは首筋から耳へと狙いを変えていた。耳たぶを甘噛みされていた。耳責めなんて教えていないはずなのに、敏感なところが分かるのか、耳たぶを甘噛みされてしまう。ロザは感じやすい体質で、耳も明白な弱点だった。ぞわぞわとしたものが頭の奥にまで染み通っていく。身をよじってカレンから逃げようとすると、今度はトリルの乳揉みに心を乱される。どうすることもできないまま、彼女は少女達に翻弄される。

「ロザ……とってもきらきらしてる。血、吸ってほしい？」

散々責めてから、満足したようにカレンは耳を解放した。息を切らせているロザに、カレンは牙を覗かせた。興奮を見抜かれていると何も隠すことができない。ほぼ未経験の相手にすっかりリードされてしまっている。

「それ……は」

答えに窮すると、カレンは嫣然と笑みを浮かべた。

「だーめ、もっともっと気持ちよくなれるはずだもの！」

「カレン様！　いっしょにしてくれるのですね」

「そうよ、うふふふっ」

舌なめずりしてから、カレンはロザの裸の左胸に手を置いた。トリルは主に片方を譲り、右胸だけで遊びはじめる。トリルとは違い、カレンはロザの心音を確かめるように手のひらを動かさない。

「トリルには、こういうこともしたんでしょう。気持ちよかったら、ちゃんと教えてね」

カレンの指がロザの乳首を摘まんだ。つまみを回すようにこりこりと繊細な力で弄られる。すでに熱を溜めこんでいたところを刺激され、ロザは身体を跳ねさせた。

「ひっ、あっ！　あぅうぅっ！」

トリルとの練習ではくすぐったそうにしていただけだったくせに、カレンはちゃんと胸への愛撫を学んでいた。乳首の先を指で潰したり、弾いたりして、責め立てる。乳首が悦び、ぷっくりと膨らんでいく。秘所もじんわりと温んできて、下着を汚してしまう。

「あの時のトリルみたいな声……ロザも気持ちよくなってるのですね！　トリルも、頑張りますよ！」

カレンの愛撫を見て、トリルも張り切った声を上げる。右の方も指で弄られるのかと思ったら、違った。トリルはおもむろに口を開き、乳首を口に含んでいた。

「んちゅ、ちゅぽ……舐められたら、気持ちいい……トリルはちゃんと分かってるのです……んむ、ちゅぷ……」

「トリルぅうっ！　んふ……うわぁああ！　はぁぁ……っ」

トリルの推理は当たっていた。ざらざらの舌で一生懸命に乳首を擦られるのは、とても効いた。拙いはずなのに気持ちいい。ロザは腰を浮かせる。蜜は溢れて、もうお尻まで濡れてしまった。ロザの身体はいよいよ本気になって、さらなる快楽を求めていた。指で弄られ、舌で舐られ、双丘のどちらも吸血鬼のものになってしまっている。少女に挟まれて、いいようにされている。本来なら有り得ない状況にも酔わされている。

「それが気持ちいい顔なのね？　初めて見るわ……可愛い……」

ロザの乳首をあやしながら、カレンは彼女を観察していた。トリルも時折、上目遣いでこちらをうかがっているようだ。だらしなく緩んだ顔を見られていることに気づいて、ロザは自分の手を顔にやった。

「ぢゅ、ぢゅっ！　ちゅぽっ……！　えへへ、吸うとおっぱいが伸びて面白いのです！」

「硬くなってきたわ！　ねぇ、気持ちいいと乳首がぴんとなるの？　はずかしがらずに教えてほしいわ」

「うっ、ううっ！　きもちいぃ、気持ちいいからっ！」

どうせまた自分がやり方を指南することになるものだとばかり思っていた。なのに、今はもう、ひたすら喘がされているだけ。遠慮なく好き勝手されて、無性に情けない気持ちになる。そんな思いとは裏腹に、カレンの指とトリルの舌にロザは掻き乱される。

「ダメ……隠さないで。貴女の顔、よく見せて」

「やっ、やらぁぁっ、やめろよぉ……」

腕を掴まれて、ロザは必死に首を振った。昔から、ロザはそうした時に照明を消すようにしていた。相手にみっともない表情を晒したくなかったからだ。息を切らせ、舌を出して、涙を溢した顔なんて恥ずかしくてたまらない。それなのにカレンは顔を隠す手に優しく指を絡め、そのまま上にずらしてくる。カレンと目が合ってしまい、ロザは思わず目を閉じた。

「はっ、あ、あぁぁぁぁっ！　あたし、もう、もうっ」

「どうしたの？　何？　ちゃんと教えて？」

胸の痺れはどんどん頭まで昇ってきて、すでに限界が近かった。絶頂のことをよく知らない二人は、ロザの様子が変わっても乳首責めを強めたりはしない。けれど、今のロザにはそれでも充分だった。

「ふあぁぁっ！　あぁああっ！　あっ……ひあぁぁぁあ……！」

浮遊感に意識をさらわれ、ロザは身体を反らせた。声を掠れさせ、あられもない声を聞かせてしまう。胸で、軽く達してしまった。だけど、まだ満足できないと身体は訴えてくる。お腹の奥が胸も秘所も、切ない疼きを残していて続きを待っている。

「はぁっ、はぁ……」

――お[redacted]こも触ってほしい。

そんなお願いを、ロザは口にできなかった。かといって生殺しにされるのも耐えられない。どうすればいいか分からないまま、彼女は身体を休める。あっけにとられている二人の視線は気にしないことにする。

「動物みたいな鳴き声だったのです」

「すっごい声！　あれがトリルの言っていた、『いく』ってものかしら？　教えてよっ、ロザ！」

「……そうだけど」

「じゃあ気持ちよくなれたのね？　そうよね、こんなに身体がきらきらしてるもの！」

「ああ……気持ちよかったよ……」

二人がかりでもみくちゃにしておいて、そんなきらきらした目を向けられても、困る。ぶっきらぼうに返事して、そっぽを向く。いっそ自分の指で慰めてしまおうと、こっそり右手を秘所へと進める。スカートの上から触るだけでも、気持ちよくなれそうだった。

「カレン様っ！　このままロザのおまたにもしてあげましょう！」

「貴女が気持ちよかったっていうアレよね？　素敵だわ！」

もうすぐ指が秘所に至ろうかという時に、トリルとロザがはしゃぎながら両脚のあわいに滑りこんできた。慌てて身体を起こすと、少女達はロザのスカートを捲り上げていた。

「この染み……気持ちいいときにでてくるおつゆでしょう」

「あんまり見るなよ……っ！」

ロザの下着はカレン達のようにルーズなドロワーズではない。地上ではあまり普及していない、下半身に直接身につけるタイプのものだ。昔から愛用していて、ロザはノクタミラでもフィーラを介して手に入れていた。生地が薄く、肌に密着しているせいで、濡れると股布の染みがとても目立つ。感じているのを誤魔化せなくて、ロザはどうにかなりそうだった。

ずり落ちないように結ばれている両サイドの紐も解かれて、再びロザは少女達の前に秘所をさらけ出す。

「な、なんだよ」

裸の秘所を前にして、カレンとトリルは手を出すことなく感じ入るばかりだった。じろじろ見られるのが恥ずかしくて、ロザは自分のそこを手で覆った。

「見て、トリル……あそこにも髪の毛が生えてるわ」

「アレは陰毛……？　とかいうらしいですよ！　カレン様」

「もっと見たいわ！　ロザ、手をどかして！」

「わ、分かったよ……」

お願いされると断れなかった。丸出しになった秘所の茂みを凝視されて、ロザは頬を染めた。二人は楽しげに観察を続ける。

「私達と全然違う……ふさふさ……」

「前に見た時よりぬるぬるです……これが、きもちいいってことなのですね」

陰毛を手でしゃりしゃりされて、蜜を指で弄ばれて、ロザは二人の教材にされていた。

「このびらびらしたのは？　なんだかお肉のフリルみたいね」

「ひあっ！」

陰唇からはみ出した花弁を摘まれ、ロザは声を漏らす。やさしく、というお願いを二人はいい子に守っていて、その手つきはひどく繊細だ。それが、焦らされているようにも感じる。

「んっ……年取ったら段々大きくなるんだよ！　あんた達もこうなるんだからな！」

「ふぅん？　私達って大人になれるのかしら？　でも貴女の血があればなんだってできる気がするわ！　だから、たぁくさんいってぇ……おいしい血を作りましょうね」

誘うような呼び掛けにロザは言葉を失う。カレンの発する色気はすさまじいものがある。こんなの誰だって、おかしくなる。あんなことを言われると何度も絶頂するのが、使命だと勘違いしてしまう。

「トリル、頑張るのです！　それじゃ、いきますよっ」

虚勢を張ろうと言葉を探していたせいで、ロザは虚を衝かれることとなった。鼻息荒く、トリルはロザの無防備な花芯にむしゃぶりつく。散々乳首を舐ってきた舌が充血した花芯にねっとりと絡み、擦りあげる。トリルはあめ玉のように舐めているだけなのに、すっかりできあがっていたロザにはたまらない快感だった。電流が花芯から束になって駆け抜け、頭を揺らした。

「ひあぁぁあぁぁあぁ！　ひ、う、うぅぁぁっ！　おあぁぁ……！」

「わっ！　どうしたのですか！」

顔をあげられてまじまじと見つめられて、ロザは首を振った。気持ちよすぎて声が我慢できなかったなんて素直に言えるわけない。だんまりを決めこむロザにトリルは頬を膨らませるが、取りなすようにカレンが囁きかける。

「きっと気持ちよかったんだわ。さっきみたいな鳴き声だもの。ね、トリル……私もやってみたいわ」

「じゃあこうして……ベロだけで……」

「いい考え！」

「や、ちょ、待って……」

ロザの見ている前で、カレンとトリルは思い切り舌を突き出した。薄紅色の舌はてらてらと光っていて、ひどく扇情的だった。そのまま舌を絡ませるのかと思うほどにお互いの顔を近づけ、二人はロザの茂みに顔を埋めた。トリルは正面から、カレンはお腹側から回り込んで、挟み撃ちにする。

「んぁ、れる……ぴちゃっ……」

「む……んふ、ぇ……」

少女の舌が上下からロザの花芯をサンドイッチした。二人で交代しながら、ちろちろと舌先を躍らせ、敏感なそこを一生懸命に舐めあげる。

「そん、な……っ！　ふあっ、ひあぁぁぁあああぁん！」

抑えるはずだった声が喉から飛び出す。思い切り脚を引いてしまったせいで、爪先がシーツを乱す。ほどよい柔らかさの舌肉が代わる代わる花芯を行き来する。トリルは下から上に思い切り舐めあげて、カレンは根元を掃除するように擦りつけてくる。時折お互いの額がくっつくほどの近さでおこなう舌愛撫は、花芯を挟んで口づけを交わしているかのようだった。

「れろぉ……ね、ロザ、きもひぃ？　こうしてトリルにもシてあげたのよね？　どぉ？　どーお？」

「ん、ふ、ぢゅる……毛が口に入ってくるのです……後で剃ったほうがいいですよ、ロザ」

交互に、同時に、二人は思い思いの方法でロザを蕩けさせていた。刺激だけではなく、眼前の光景もロザを侵す。時折こちらを見つめてくるカレン達はミルクを舐めとる子猫のようで可愛らしいのに、口元は汚れ、陰毛がくっついてしまっている。少女に犯されているのだと強く感じ、胸が締めつけられる。

「あっ！　あたし、もぉ、だめっ、イく、いくからぁ……っ！」

もっと加減してほしいのにカレン達は何も分かってくれない。己の食欲と好奇心を満たすため、ロザを徹底的に蹂躙する。

「んふ、ちゅぽ、ぴちゃっ……んー……いつでもぉ、いっていいからね……」

「れる……おまたのおまめ、ぴくぴくしてるのです……んちゅ、れるっ！」

「おぉ、いく、いくいくいくぅ……っ！　あぁぁあっ！　ふぎゅぅうううぅぅ……っ！」

最後はどちらの舌だったのだろう。とどめを刺すように先端を押し潰され、ロザは髪を振り乱し、おとがいを露わにして仰け反り、絶頂した。目を瞑っているのに、視界が白く輝いている。敏感になっていても口淫は止まず、理性まで舌で掬い、啜られる。

「はぁっ！　はぁぁぁ……！　う、うぅぅ、カレン？　トリル？」

ようやく動きが止んで、目を開けてみれば二人が左右から見下ろしていた。先程までは人間と同じだった糸切り歯が、今は牙へと変じ、獲物を求めている。

「すごく、すっごくおいしそう……ロザ！」

「トリルにも分かるのです……おまたを舐めたらこんなになるなんて……」

何か言う前に、ロザは襲いかかられた。

「っ！」

胸の先に軽い痛みが走り、そこから熱が抜きとられていく。赤ん坊がするように、二人

は左右の乳房を分けあっていた。母乳ではなく血を吸って、少女達はお腹を満たしていく。

ロザの気が遠くなるほど血を吸ってから、カレンは顔をあげた。

「んふ、癖になっちゃいそうだわ……吸い過ぎないよう、気をつけないと。トリル、欲張っちゃ駄目よ？　ロザを大事にしてあげて！」

「はっ……！　ごめんなさい、カレン様」

まだむしゃぶりついてたトリルも胸から離れる。彼女の口元には一筋の血が垂れて、愛らしさに奇妙な迫力を与えていた。

「ああ……だけど、まだまだ足りないわっ。ロザ、休んだらまたしましょうよ！」

お腹をさすり、カレンはロザを揺すった。

ロザは目を剥いた。激しい絶頂の直後に血を吸われ、もうベッドから動けない。あの二人だって顎が疲れるぐらい舐めていたと思うのだけど。

「ほっ、本気かよ……」

「貴女も眷属なんだから、疲れにくいはずよっ。ね、いいでしょ？」

「ロザ……トリルもオマエの血がもっと飲みたいのです……ダメですか……」

二人はぐいぐい迫ってくる。

気持ちよさと愛おしさに挟まれて、ロザは顔を赤らめた。

その晩から翌日の昼になるまでロザは吸血鬼の体力のすさまじさを思い知ることになる

のだった。

# 第三章　月と太陽

カレン達の境遇を知って以来、ロザは街の吸血鬼に挨拶すると決めた。

あたし達のことを無視したり、遠巻きになんてさせない――そんな気持ちで、ロザは街ですれ違う吸血鬼達に、場違いに明るい調子で声を掛けてやる。相手にしなかったり嫌悪を露わにする者ばかりだったが、気にしない。カレン、トリルと同じように堂々と振る舞っているだけだ。それに、ごく僅かにぎこちなく手を上げたり会釈する者もいた。特に図書館でフィーラの手伝いをしている吸血鬼達はそれなりに友好的だ。彼らも、もしかしたらという気持ちを捨てきれないのかもしれない。

そうして、フィーラの元で『月』が翳るまで帰還のための方法を話し合うのがロザの日課だった。

「うまい！」

加えてロザがフィーラに会いにいく理由はもう一つある。彼女の振る舞う昼食だ。今日の献立は一籠のパンと野菜のスープ。パンは焼きたてでふっくらとしていて、スープは具だくさんで満足感がある。ロザも料理を手伝ったが、フィーラの厨房にある食材は、どれも質が良い。おかげで地上の頃よりずっと健康的な食生活をしている。

「君はとても楽しそうに食べるねえ、見ていて飽きないよ」

「そうか？　カレンにも似たようなこと言われたんだけど……」

口の端を拭いながら、フィーラに返事する。テーブルの向かいにいる彼女は、ロザよりずっと小食だ。彼女が食べ終わってからも、ロザは何杯もおかわりしている。

「おかげで腹いっぱいだ。あんたも食べたらいいのに」

「あまり体が受け付けないんだ。食事、というのは私にとって人間であることを忘れないための儀礼的なものでね……共に料理できて、楽しかった。感謝しているよ」

フィーラが自分の何十倍も年上なことをロザは思い出す。ノクタミラに人間が来たのは百年ぶりだという。その間、彼女はたった一人の人間として何を考えていたのだろう。以前フィーラの研究に協力して血を採られた時に質問してみたら、昔から研究一筋だという素っ気ない返事だけだった。ノクタミラにはミュージックホールもサッカーができそうな広場もない。せいぜい、図書館に数冊の小説がある程度だ。こんなところに閉じ込められていたら陰険な性格になるのも無理はないだろう。

こんな街でフィーラの性根が曲がらなかった理由はきっと、この庭のおかげだ。

冷たい地下水を飲みながら、ロザはテーブルからの景色を眺める。整然と植えられた葉野菜が緑のカーペットになっていて、目を楽しませてくれる。陰鬱な街では貴重な憩いの場だ。吸血鬼の血を土に混ぜることで、植物の成長速度や収穫量が増すのだと、フィーラは胸を張っていた。

昼食はフィーラの菜園で摂るのが日課となっていた。

フィーラの住まいは図書館のほど近くにあり、広々とした菜園を備えている。元は地上から漂着した植物を育てる実験のために始めたが、土いじりをしていくうちに趣味になったのだという。このあいだのパイの材料も、この菜園で採れた野菜を譲ってもらったのだ。

「お昼はおしまい？　ロザも遊びましょうよっ」

「もっともっといろんな遊び方を教えるのです！」

食事が一段落をしたのを目ざとく見つめて、カレン達が駆け寄ってくる。地上のことを語って聞かせるのも、ロザの仕事になっていた。楽しそうなことばかりを選んで話しているから、いつか話の種が尽きてしまいそうで怖い。辛かった記憶や嫌いだったものはいくらでも話せるのに。

「まだフィーラと話すことがあるんだよ、二人で遊んでな」

付き合いたい気持ちを堪えて、ロザは二人を追い払う。近くで騒がれていると気が散る。

「カレン様のお誘いを断るなんて、ロザはゼータクなのです！」

「しょうがないわ……行きましょ、トリル！」

不満げだったけれど、二人はまたボール遊びに戻る。革袋に端切れや羽毛を詰めた歪なボールを蹴り合うだけの単純な遊び。それはロザが二人に教えた、地上の娯楽だった。

「花壇を荒らすなよ！」

「分かってるわっ！　うふふふっ！」

ロザのいいつけもルールに組み込んで、二人は飽きることなくずっとボールを追い回している。地上のことを知りたいというから何の気なしに遊びについても教えただけなのだが、随分と気に入ってくれている。カレンなんてドレスが汚れるのも気にせず、裾をたくし上げて遊びに興じている。

「……あんなの、あたしが教えなくても思いつきそうなもんだけどな」

ボールを蹴り回すだけの遊びなんて、もっと幼い時期に卒業するものだ。なのに二人にとってそれは素晴らしい大発明のようだった。

「新しいことを始める、知らないことに興味を持つ……今の吸血鬼にはどちらも難しいのさ。ずっと血を断っていると、頑固な老人のように心も冷え固まってしまうからね。彼女達があんなに楽しげに遊んでいるのも、君のおかげなんだよ」

「あたしのおかげね……」

ロザは自分の胸に手をやった。一昨日に牙を突き立てられたところだ。自分のおかげと言われても、あまり実感がない。これまでにしていることなんてただ定期的に睦み合い、血を吸われているだけだ。

「もっとさ、あいつらのためにしてやれることってないのか？」

二人を見守りながら、ロザは話を再開する。

「今のままでも充分、君は意味のあることをしているよ？　気持ちは分かるけどね」

「そうかぁ？　あたしのしてることなんて、あいつらの子守ぐらいだぜ？」

ロザは首をかしげる。血を吸わせるほかはカレン達の面倒を見るだけという、あまりにも穏やかな日々をロザはすごしていた。二人を地上に帰すと決意したはいいが、今のままでは進展を感じられない。焦る必要はないのだろうが、落ち着かなかった。

「心配はいらないさ。健康で活力溢れる人間が継続して血を捧げるのが、一番の近道だからね。血が合う人間に出会えただけでも幸運なのに……君は吸血鬼を拒んでないだろ？　それって結構すごいことなんだよ」

ロザの悩みを見通していたかのように、フィーラは微笑む。

吸血鬼は特定の波長が合う人間の血しか摂取できない――これまでフィーラと話してきた中で、知ったことだ。カレンが力を取り戻すと言っているのも、ここ数百年間、まったく血を吸えていないからだと聞いている。それほど長く飢え続けるなんて、ロザは想像もしたくなかった。

「前のヤツは嫌がったってことか？」

「……『バケモノの家畜なんて耐えられない』」

出し抜けに物騒な言葉を聞いて、ロザは頬杖をついていた手を膝上に戻す。フィーラはじっとロザを見据えていた。

「それが、前に来た人間の遺言だった。彼は自ら命を断ったんだ。カレン達とは別の吸血鬼の眷属になってから、ほどなくのことだったよ」

フィーラが語るのはノクタミラの暗部だった。カレンとトリルのはしゃいだ声がロザには急に場違いに感じられた。

「大体四百年くらい前だったかな。主に報いは与えたけど、それで彼が生き返るわけじゃないからね……」

昂揚しなくては血が吸えないことをロザは知っている。トリルだって初めは無理矢理しようとしていた。

きっと、前のヤツは——恐ろしい想像がロザを襲う。

「我々は、吸血鬼の認識を変えようと尽力しているつもりだ。それでも未だに人間を下に見る者は残っている……」

「ロクな街じゃねえな。知ってたけどさ」

「返す言葉もないね。だからこそ、君とカレン達の関係は特異なものだ。考えてみたことはないかい？　もしかしたら、カレン達は地上に戻ったら、また『怪物』となってたくさんの人を苦しめるかもしれないってね」

「あいつらが……？」

ロザはフィーラの言ったことを想像してみようとする。しかし、二人が『怪物』として人間を支配している光景はどうしても思い浮かばなかった。

確かにカレンとトリルは地上に帰ることを切望している。ただ、その目的が人々を支配するためだとは思えなかった。二人の語る地上への夢は、邪な欲望とは異なるものだと感じる。もしかすると自分が海に抱いている憧憬に近いのかもしれない。

「そういうのじゃねえだろ……。あいつらはただ、地上を見てみたいだけなんじゃないか？こんな街にはない、まだ見たことの無いもの、綺麗なものを……」

その言葉は曖昧で、願望に近いものだった。それでもフィーラは彼女に頷く。

「君は二人を信じているんだね」

「まぁ、そうだな」

心を見透かされたようで、ロザは口ごもった。

「私も長年カレンを見てきているけれど、君の言うとおりカレンに支配欲はないだろう。もちろんトリルにもね。そして二人は君を仲間として尊重し、君も二人のことを信頼している。その関係を維持していれば、何の心配もいらないよ」

「関係ねぇ」

改めて考えてみると、今の自分とカレン達の関係は不思議なものに思えた。吸血鬼と人間、年は離れていて、食べるものもまったく違う。おまけに、『あんなこと』までしている。

それでも三人で同じ方向を向けるのは、きっと自分が二人の夢に絆されてしまったから。

仮に他の吸血鬼と出会っても、こうはならなかっただろう。

だけど、どれだけ自分が二人と仲良くなったとしても、カレンとトリルの間にある絆には及ばない。

ロザは向こうで遊ぶカレンとトリルを見つめた。

二人は、ボールを地面に落とさず蹴り上げ続ける、という遊びを発明したようだった。

カレンはあっさり失敗してしまうのだが、トリルは器用に膝や胸まで使ってボールを落とさない。カレンに褒めそやされて、トリルは得意げにしている。二人は心の底から互いを信じている。そして、ロザはあることに気づく。

「トリルって……人間だったんだよな？」

「おや、急にどうしたのかな」

「人間と吸血鬼っていうなら、あいつらもそうだったはずだろ。なんでトリルまで吸血鬼になってるんだよ」

トリルが元は見捨てられた人間だったことをロザは知っている。カレンがトリルを受けいれ、強い信頼関係で結ばれていたのだとしたらどうして——カレンの夢は挫折し、トリルは吸血鬼となっているのか。

フィーラの言葉で、ロザはその謎に行き着いていた。

「君も眷属になる時、二人から血を飲まされただろう？　吸血鬼は血を媒介にして、自らの力を貸し与えることができるのさ。トリルはカレンからとりわけ多くの血を注がれたようでね。いわば血を分けた親子や姉妹のようなものだと言えるね。きっとカレンは――」

ロザが身を乗り出したところで、横から飛んできたボールがテーブルの上にあるものを残らず蹴散らした。食器が宙を舞い、スープや水がテーブルにぶちまけられる。

「おいっ！」

何が起きたのかはもう分かっている。ロザがカレン達を呼ぶと、二人は慌てて駆け寄ってきた。

「ごめんなさいっ！　私がトリルにどれぐらいボールを遠くに飛ばせるか見たいってお願いしたの。私のせいよ！　トリルのことは、叱らないであげて！」

「そんなことないのです！　トリルがヘンな方向に蹴っちゃったから……。カレン様のせいじゃありませんっ。トリルは怒られてもいいけど、カレン様は……」

どちらも相手のことを庇うのは感心するが、しでかしたことの責任はきっちりとってもらう。ロザは厳しい顔つきで混沌としたテーブルを指差した。

「いいから、こっちを片付けろ！」

テーブルを片付けている合間に観察してみると、二人が反省しているのはちゃんと伝わってくる。退屈させたのかもしれない。後で構ってやらないと。

「悪かったな、フィーラ」

「本当にごめんなさい……」

「二度としないのです……」

　三人並んで謝ると、フィーラは愉快そうに笑う。コップがひっくり返って服を濡らされたというのに、このハプニングが楽しくてしかたないようだった。

「まさか、こんなことが起きるなんてねえ……考えもしなかったよ、うん。遊びは楽しかったかい、カレン」

「え、ええ！　すっごく」

「それなら、存分にやりたまえ。私は気にしてないから」

　フィーラはボールを拾い上げて、元の場所へと投げ戻した。

「あ、ありがとうございますっ」

「まぁ！　許してくれるの？」

　カレンとトリルは何度も彼女の方を振り向きながら、それでもまたボールを追い回しはじめる。

「こんなの予想外だったよ。やっぱり君の血でカレンは変わりつつあるんだね。新しいことに触れて、成長しているんだ」

「もっと小さい子どもに戻ってる気がするんだけどな」

ロザはため息をつく。また二人は勢いよくボールを蹴っていて、同じことが起きるのは時間の問題だった。

「未知に臨む好奇心こそが、硬直した現状を変えるのさ。他のボール遊びも教えてあげてほしいな。地上のことを知れば知るほど、そこを目指す思いも強くなるだろうからね」

フィーラが遊び回る二人を手で指し示す。ロザは頭を掻いた。こうして見ていると、随分と楽しそうだ。大人なのにまぜてほしくなってくる。

どうやら二人と遊ぶのが、血を捧げるほかにできることらしい。

ロザはドレスの裾を捲って、一歩踏み出した。

「おしゃべりはこの辺にして、あんたも食後の運動といくか？」

「なるほど、私もか……ふふ、悪くないね」

大声で呼び掛ければ、カレンもトリルも跳び上がって新しい遊び相手を歓迎してくれる。

そうして月が翳るまで、ロザもフィーラも遊びに加わっていた。

×××

気の済むまでボールを蹴ったり投げたりしてから、ロザ達はまた菜園のテーブルで一休みしていた。といっても、カレンとトリルはほとんど汗をかいていないし、フィーラも平気そうにしている。汗まみれで息を切らしているのはロザだけだった。フィーラもまた、吸血鬼の血を多く注がれているのだろう。未だに人間らしいのは自分だけなのだと、汗を拭きながらロザは実感する。

しかし、疲れはなくてもたくさん遊んで満足したのか、トリルはカレンの隣で舟をこいでいた。

「眠たいのか、トリル」

ロザは二人の眠りの習慣を把握していた。気ままに暮らしているせいか、カレンの眠りは不規則で、よく昼寝している。逆にトリルはあまり眠らず、ベッドでは起きたままカレンの添い寝をしていることが多い。眠そうなトリルは新鮮だった。

「むぅ……そんなこと……ありません……」

「うふふっ、トリルってば……可愛いわ……」

そう言っている間にもトリルはカレンの肩にもたれ、そのまま地面に崩れ落ちてしまいそうだった。

「しょうがねえな、ほら」

トリルの様子を見て、ロザは席から立った。うとうとしている彼女をおんぶしてあげる。少し前屈みになって、背中で彼女の身体を受け止める。背中の上が心地よいのか、トリルは素直に身を預け、彼女の肩に頬ずりした。

「昼メシ、ありがとな」

「重くないかい？　こちらで休んでいっても構わないよ？」

「いや、屋敷まで連れてくよ。ウチのベッドの方が安心して眠れると思うしさ」

フィーラの提案にロザは首を振る。するとフィーラは微笑んで、トリルの頭を撫でた。

「ああ、分かったよ。しかし……そうしていると親子のようだね」

「ハ、お嬢様と召使いの間違いだろ？　じゃあなフィーラ」

「今日は楽しかったよ、ロザ」

そうしてロザ達はフィーラの菜園を後にする。結局、遊んでいただけだ。フィーラの言うように、カレン達が地上への思いを強めたのならいいけれど。

「それ、私がロザを運んであげた時とは反対ね！」

「お前らみたいに空は飛べないけどな。どしたよ、羨ましいか？」

「そんなことないわっ。でも、ちょっと気になるかも……」

「帰ったらいつでも乗せてやるよ」

カレンの熱視線を浴びながら、ロザはトリルを揺らさないようゆっくりと歩き出す。トリルの静かな寝息を聞いていると、心が安らいだ。街のあちこちにある急な坂を登っても平気なのは血が馴染んできたおかげだ。

そうして屋敷に帰り、カレンとトリルが使っているベッドに彼女を寝かせてあげる。

「んー……すぅ……カレン様……ロザ……」

「おやすみ、トリル」

吸血鬼も夢を見るらしい。自分の名前も呼ばれたことが嬉しかった。ロザは彼女の額に軽く口づけ、その眠りが穏やかであることを願う。

そしてロザはカレンの前に背中を向けてしゃがみこんだ。

「ほら、気になってたんだろ？」

「そんなに私をおんぶしたいの？　うふふふっ」

「ええ。乗っていただけますと光栄です、お姫様」

素直じゃないカレンに大仰な口調で返事する。すると彼女はいそいそとロザの肩に腕を回して、しっかりと抱きついた。ロザが勢いを付けて立ち上がると、背中のカレンが笑い声を弾けさせる。

「出発よ！」

「仰せのままに！」

体格の違いをロザは背中で感じる。トリルと比べてカレンはやや重く、身体も大きい。そのまま部屋を出て、小走りで屋敷を回っていると、カレンが耳元に口を寄せてきた。

「ね、このまま外に行きたいわ」

「トリルが寝てるぜ？」

ちょうど二人は玄関の前にいて、ロザはその思いつきに眉をひそめる。あれほどカレンを慕っているトリルをひとりぼっちにするのは忍びなかった。しかし、カレンは甘えるように囁いてくる。

「大丈夫。あの子はしばらく起きないだろうし、それにぃ……私は貴女といたいの。ロザと二人っきりでお話ししたこと、ないもの」

「あいつを置いていくのはなぁ……」

「だめ？」

カレンの言葉にロザの気持ちは揺れる。彼女にわがままを言われたのは初めてだ。トリルと同じように、カレンの願いにも応えてあげたい。カレンとトリル、どちらかを選べと迫られている気分だ。彼女の重みが増したように感じた。

「それなら手紙を置いていくか。どこにいったのか、いつ戻るか、トリルが分かるようにするんだ。そしたら、付き合ってやるさ」

しばらく考えてからロザは提案した。これならトリルが起きても安心できるはずだ。

「嬉しいわっ！　ふふっ！　うふふふ！」

思い切り抱きしめられて首筋にカレンの唇があたる。血を吸われた時のことを思い出して、一瞬だけ胸が妖しくときめく。トリルに悪いと思いながらも、ロザもカレンとの逢瀬が楽しみになっていた。

×××

「もういい？　いいわよね？」

「焦るなって」

ロザがトリルの枕元に手紙を置いた瞬間、カレンは彼女の腕を引いた。もう待ちきれないようで、カレンはまたロザの背中に登ろうとする。大人びていても、こうした振る舞いを見ると、やはり子どもだと思う。可愛らしくて、ついついなんでもしてあげたくなる。

「ほらっ、今度こそ出発だぞ」

「ええ！　行きましょう」

ロザがおんぶしてやると、カレンは元気よく窓を指さした。まだ明るい外の景色を見てから、ロザは首をかしげた。

「窓に行ってどうするんだよ……」

「いいことを思いついたの！」

その言葉と共に、背後でばさりと羽音が鳴った。『月』から屋敷に連れてこられた時のように、カレンがまた黒い羽を生やしたらしい。彼女の思いつきを悟り、ロザは窓から後ずさった。

「おいおい……マジかよ」

「貴女にも分かった？　楽しそうでしょ！」

「落ちたりしないだろうな？」

「心配しないで。眷属の身体なら落ちても死んだりしないわ……多分だけど」

「ああもう！　しっかりくっついとけよ！　あたしも絶対離さないからなっ！」

諭したところで、カレンは聞かないだろう。ロザは窓に近づき、片手で開け放った。身を乗り出して、思わず下を見る。カレンを支える腕に力をこめると、彼女も両脚でしっかりとロザの身体を締めつけた。前だけを見て、窓縁に膝を乗せる。

「行くぞ！　せぇーのっ！」

勢いのままに足をかけ、一気に外へと飛び出す。ひゅっと胸の奥が冷える感覚。反射的に目を瞑ると、そのまま身体が引き上げられた。

「おお、うおお……」

「きゃはははははっ！　すごいわ！　楽しいわ！」

ロザとカレンは再び空を飛んでいた。どんどん地面は遠ざかり、街が小さくなっていく。以前より気持ちに余裕があり、まだ空が明るいおかげでロザは街の景色を存分に眺めることができた。小さい街だと改めて感じる。四方が岩壁に囲まれていることもあって、箱庭のよう。頬を撫でる風が心地よい。

地面の吸血鬼達は誰一人空を見上げず、周りに飛んでいる者もいない。空は二人きりの世界だった。空中散歩なんて、地上にいた頃は想像したこともなかった。きっと、他の連中は空を飛ぶ楽しみさえ忘れてしまったのだろう。こんなに、心浮き立つのに。

「どこへ行くんだ？」

「『月』よっ！　とっておきの場所があるの！」

ロザは顔を上げて、『月』を見る。今日も地上の太陽に代わって、地下世界を煌々と照らしている。深く考えたことはなかったが、あれほど不思議なものはない。あんな大きなものがどうして宙に浮かんでいるのだろう。考えている間にも、カレンはぐるりと螺旋を描いて『月』へと飛んでいく。すると次第に、身体がぽかぽかしてくるのをロザは感じた。

「ここをお散歩しているとね、わくわくしてくるのよ！　もしかしたら、地上から何かが流れ着いているかもって！」

『月』の裏側、そこにある庭園よりも高く飛んでから、カレンはゆっくりと降りていく。『月』の光が届いていないのに、庭園はぼんやりと明るく、静謐を保っていた。円形の庭は石畳の歩道で十字に区切られていて、その中央部分ではあの日も見た、光の柱が立っている。元は何かの祭壇なのかも、とロザは思った。

「覚えてる？　貴女はこの辺りに流れ着いていたの……」

二人が降り立ったのは、光の柱の近くだった。光の柱を背にしていて、遠くには柵が見える。確かに、あの日の風景と同じだった。ロザは初めてノクタミラに来た夜のことを思い出す。ずぶ濡れで、途方に暮れていて、寄る辺のなかった時のことを。

「いつもはね、端っこに降りて、真ん中へ歩いていくの。あの光を目指して……」

カレンが指さす方へ振り向き、空を見上げる。光の柱はどこまでも高く、ぶ厚い雲海の彼方まで続いていた。

「あそこが、地上に一番近いところ。『月』はあの部分から日光を取り入れて輝いているんですって！」

そう言いながら、カレンは走ってそこに近づいていく。彼女を追ってロザも小走りになる。おとぎ話では、怪物達は日光に焼かれたとあった。そんなものに近づいて大丈夫なのだろうか。

「見て！　すっごく綺麗……」

光のすぐ側でカレンは立ち止まった。あと数歩で光の中へと踏みこめるのに、彼女はそこから進もうとしない。

ロザがそこに手をのばしてみると、掌にぬくもりを感じた。『月』の光とは違う、今や懐かしい太陽の光。誘われるように陽だまりへと歩み、そのまま全身で光を浴びる。こうしていると吸血鬼が地上に焦がれる気持ちも分かる。こんな暖かな日ざしは地上にいた頃にだって存在していなかった。足元の石床は元々、何かの紋様が描かれていたようだが、すでに荒れ果て、石の割れ目からは草が生い茂っている。

「やっぱり貴女はニンゲンなのね……」

光のカーテンの向こうで、カレンは寂しげに佇んでいた。陽だまりの中と比べれば、彼女のいる場所は翳って見えた。ほんの僅かな距離が果てしなく感じられて、ロザはそちら側へ戻ろうとする。しかし彼女より先に、カレンが一歩踏み出した。

「おい！　やめろ――」

カレンの指先が光に晒された途端、その白くきめ細やかな肌は黒ずみ、燃えていった。燃える薪が消し炭となるように、焼け焦げ、火の粉を散らし、彼女は焼失する。

「カレンっ！」

ロザは陽だまりから飛び出し、カレンを引き戻した。勢いがつきすぎて、二人とも芝生に倒れてしまう。焦げた指は見る間に時計を逆さに回すようにして元の形を取り戻す。吸血鬼が日に焼かれることの意味をロザは思い知った。

「やっぱり……まだダメね。身体が灰になってしまうわ」

「あ、あんなことするなよっ！　痛かっただろ……」

「平気よ！　ひっこめればすぐ直るもの。他の吸血鬼やトリルなんて、一瞬で崩れ去ってしまうんだから！」

平気そうなカレンをみて、ロザは落ち着きを取り戻す。身体を起こして、座ったままで光の柱を見上げる。地上への出口がすぐ近くにあっても、吸血鬼にはどうにもできないなんて残酷すぎる。

「あの光の果てが……地上なんだな」

「ええ。ずっと高くまで飛んだ先に、地上があるの。いつか、きっとその景色を……」

じっと光を見つめていたカレンは、ふとした瞬間、ロザの方を向いた。

「ねえ、ロザ。貴女は地上にでたらどうしたい？」

「え？」

「私はね、綺麗なものをたくさん見てみたいわ！　地上には不思議なもの、すごいものがたくさんあるのでしょう？　それから、私の故郷にも行ってみたい！　私達が地上のどこから来たのか、フィーラも知らないんですって！　私が見つけて、教えてあげたいの」

すぐに返事できず、ロザは困ったようにカレンを見つめた。そんなロザの手を取り、カレンは微笑む。

「私が地上に戻る時は、貴女もいっしょよ！　行きたいところ、見てみたいもの、会ってみたいひと……貴女にも、あるでしょう？」

その瞬間、ロザは思い出した。

吹きだまりの街、汚れた空、かつて愛していた女。

どれも、ロザが既に捨て去ったものだ。

「……あたしは、別に」

地上には何もない――それがロザの実感だった。

「本当に？　してみたいこと、何もないの？」

カレンに見つめられて、ロザは胸の奥が痛むのを感じた。彼女にはずっとカレン達に隠していた思いがある。

――地上に、一体何がある？

ロザは必死の思いでその気持ちに蓋をしていた。口にしてしまえば、自分もカレンとトリルを見下す連中と同じところに堕ちてしまう。しかし、疑念は今もタールのように粘りつき、ロザの心を曇らせていた。

「恥ずかしがらなくてもいいのよ！　貴女の夢はなぁに？」

黙っていることさえカレンへの裏切りに思えて、ロザは悲しげに首を横に振った。

「ないよ、何も。あたしはあんた達とは違うんだ」

愛らしく首を傾げるカレンに、ロザは続ける。

「あたし、ひどいところから来たんだ。汚れてて、息苦しくて、嘘だらけで……綺麗なものなんてどこにもなかったよ」

カレンはぽかんと口を開けて、ロザの話を聞いていた。一度漏らしてしまうと、もう止まらない。ロザはカレンの手を強く握った。

「……怖く、ならないか？　もし地上に出ても美しいものが何もなかったら？　信じていたものが何もなかったら？　あたしは、あんた達とは違うんだよ……」

心から信じていても救われず。すべてを捧げても報われない。世界は失望に溢れている。

カレンに刃を向けてしまったように感じ、ロザは項垂れた。

しかし、黙りこんでしまったロザを、カレンはそっと抱いた。

「貴女も私達とおんなじよ」

面を上げると、カレンは笑っていた。恐れも疑いもない、晴れやかな笑みだった。

「貴女はまだ、美しいものを見たことがないの。私とトリルもそうよ！　だから、みんなで探しに行きましょうよ。楽しみでしょ？　きっと世界には、知らないもの、考えたこともないようなものがたくさんあるわっ！」

「ああ……」

鼻がつんとして、ロザは目を瞑った。そして、ロザはいつかするはずの旅を思い描く。

どんなものが自分達を待っているのだろう。

きっと、そこには——

「……海に行きたいんだ」

ロザはそっと、自分の夢をカレンに明かした。海なんてもうこの目で見ることはないと勝手に諦めていた。だけど、カレンとトリルについていけば、あの美しい海に辿り着けるかもしれない。何の根拠のない期待をロザはもう一度信じようとする。

「海？　しょっぱくて大きい水たまり……だったかしら」

「外国に綺麗な海が……あるんだ。行ったことはないんだけど……ガキの頃、そこの海の絵を見たことがあってさ。すごく綺麗だった」

もっと細かく説明しようとして、やめた。あの海は言葉で語り尽くせない。だから直接見に行けばいい。私達、三人で。

「素敵！　それなら、地上に出て最初に行くのは海にしましょう！　もう決めたから！」

ただ綺麗だと聞かされただけで、カレンは目を輝かせた。

「いいのかよ、眷属優先でさ」

「確かに私が貴女の主だけど、同じ夢を見る同志だもの。気にすることなんてないわ」

「同志……」

この間、トリルも似たようなことを言っていた。その言葉はフィーラの言う『家族』よりもすんなりと受け止めることができた。たしかに見た目は大人と子どもで、二人のお世話をしてあげることもよくあるけれど、ロザは二人を対等に感じていたかった。

「そう、同志よ！　私ね、貴女に会えて嬉しいわ。もし血が合わなくたって、きっと仲良しになれていたに違いないわ！　貴女もそう思うでしょ？」

ロザは静かに頷いた。確かにカレンの言うとおり、血をやりとりする関係ではなくても、カレンやトリルと親しくなれただろう。けれど、もしも最初にここで二人と出会えなかったら、自分がこれほど心の内側を見せられたとは思えない。カレンとは別の主に反発して、家畜のように繋がれていたかもしれない。

運命なんてものがあるなら、この出会いにだけは、感謝してやってもいい。

ロザはカレンの手を取り、手の甲にキスをした。同志である主に敬意をこめて。

「あたしも二人に会えてよかったよ。ずっと諦めず、『月』に来てくれてありがとう……カレン」

気障なことをしたせいでロザは顔が火照ってくるのを感じた。そしてカレンも頬を薔薇色に染め、瞳をとろんと潤ませる。

「ああロザ！　貴女はどんどん素敵になるわ。何もしてないのに、この瞬間もきらきらしていて、おいしそうなのはどうしてかしら？　貴女の側にいるとね、血を吸ってなくてもこの身体がぽかぽかするの。この冷え切った石の身体がまるで生きてるみたいに……」

カレンは嬉しそうに胸を押さえ、ロザに微笑む。

雷に打たれたように、ロザは気づいた。

良い血を作り出す条件は、きっと悦び、欲情、身体の昂揚ではない。

もっとも大切なものは歓び、愛情——慈しみの心だ。吸血の前に身体を重ねるという風習も、元は心を繋げるためにあったのかもしれない。

カレンとトリルへの想いに名前は付けられない。けれど、ロザは心から二人を想っている。共に過ごす日々を重ねていくうちに、想いはどんどん強くなっていく。

二人のためにその身を捧げることも、恐れないほどに。

だから、ロザはカレンに願う。

「カレン……あたしの血を吸ってくれ」

自分から誘うのは初めてのことだった。カレンに血を捧げたい、我が身を糧としてほしい――すべてが異なっていても、同じ夢を追うものとして尊重してくれるからこそ、身を委ねられる。

「いいの？」

「もっとあたしの血を吸えば、もしかしたらすぐにでも日光が平気になるかもしれないだろ？　だから……」

「いただくわ！　しましょうっ、ロザ！」

カレンに飛びつかれて、ロザは押し倒されそうになる。すっかりその気になっている彼女の熱っぽい目つきで、ロザは言葉が足りなかったことに気づく。

「こっ、ここじゃダメだぞ。屋敷に戻ってからな……」

気分は昂ぶっているが、ここは外だ。隠れられる物陰すらない。

「嫌よ！」

「駄目だって……他のことならしてもいいからさ……」

カレンは貪欲だった。流されないよう、ロザは理性を必死に保とうとする。

「他のことってなぁに？　教えて！」

しかし、一歩でも相手に譲ってしまえば、そのままなし崩しになるものだとロザは気づいていなかった。

「キス……」

ロザは情事の前にキスを交わすのが好きだ。気持ちが上がるし、くっついてる感じが良い。これまで二人とキスしたことがなかったのは、曖昧な関係のままでしたくなかったから。純情ぶっている自覚はあっても、ロザはキスを大切にしたかった。

「相手の身体に唇をくっつけるアレのことね！　それぐらいは知ってるけれど！」

「地上だと好きあってるやつらは唇同士を合わせるんだよ。吸血鬼にとって、首筋を噛むような感じかな？」

カレンは興味深そうに聞き入っている。彼女は自らの唇に触れた後、ロザの唇に熱視線を注いだ。

「してみたいわ！　だって私はロザが大好きだし、貴女も私のこと、好きでしょう？」

「う……」

まっすぐに迫られて、ロザは返事に窮した。カレンもトリルも大切にしたい、幸せになってほしい。それはあくまでも仲間への親愛であるはず。しかし一方で、身体を重ねていく内に、その幼い肢体に惑わされたい、無邪気な手つきにおかしくされたいという願望が心の奥底では湧き出している。今、この瞬間もこのままぴったりとくっついて、溶けあってしまいたいと願っている。

「あたしも、カレンのこと……好きだよ」

もごもごとロザは返事する。はっきりとした答えが出せなくても、カレンとトリルのことが好きで、必要としているのは間違いなかった。もう、唇を許していいほどに。

ロザの返事を聞いて、カレンは得意げに頷き、顔を近づけた。鼻先が触れあって、吐息を感じるほど近くに二人はいる。

「貴女からして？」

「ん……」

躊躇いがちにロザはカレンと唇を重ねる。吸血鬼の唇は冷たいけれど瑞々しい。かすかにカレンの呼吸が乱れるのを感じた。落ち着けと念じながら、ロザは小鳥のように一対の赤い果実を啄む。軽い口づけでも欲望がたちこめ、頭が茹だってくるのが分かる。どうせならもっとムードのあるキスをしたかったのに、そんな気持ちも押し流されてしまう。

「ん、ちゅ、んふ……」

「はっ、ふぁっ……ろざぁ」

名前を呼ばれてロザは燃え上がった。もっと密着して、カレンの無防備な上唇を食む。両手でその華奢な身体のあちこちをさすってあげる。

「舌、出して……」

「こーお？」

お願いしてみると、カレンは素直に長めの舌を覗かせた。無防備に口腔を晒しているのが、ひどく淫らに感じる。ロザはおそるおそるその舌を吸い、口内で自分のそれと絡みあわせる。これまでとは違う、欲望を満たすためのキスだった。

「ぢゅ、ちゅっ……はぁ、あぁ……あ、あたしのも、吸ってみて……れるぅっ」

「はわぁ……ちゅぷ、これっ、おもしろぃい……」

カレンは飲み込みが早く、激しくロザを求めていた。感極まったロザが舌を彼女の口腔へと差し入れれば、彼女はうきうきと受け入れ、自らの歯列をなぞらせてあげる。口元がどろどろになるのも気にしない。心を溶かしながら、二人は口と口で交歓する。

「れる、ぢゅっ……んひっ！　あっ、あぁぁ……」

夢中でキスする内にロザは身体を跳ねさせた。カレンの鋭い牙で舌先を傷つけたせいだ。切創は深く、そこから熱が放たれ、鉄の匂いが鼻をついた。しかし痛みは火に掛けた砂糖のように蕩け、またロザを夢見心地にさせる。何も考えず、ロザは血の混じった唾液をカレンの口腔へと流し込む。

「ちゅぽっ……！　んく、ん……おいしぃ……」

いつまでもくっついていられたのに、カレンはロザから身体を離してしまう。まだまだ離れがたくてロザは物欲しげにカレンを見つめる。そんな彼女の目の前で、カレンは喉を鳴らしてロザとカレンの混ざりものを飲み干した。小さな口の端から赤く粘った汁が垂れ、ドレスに滴り落ちた。

「ロザぁ、もっとよ……」

上気した表情でカレンは口を開け、舌先から血と唾液の雫を滴らせた。ちろちろと揺れる舌先で、ロザを誘う。

「はぁっ……はぁぁ……カレン……っ」

求められるままに、ロザはカレンにキスをする。ロザにも味わってほしいのか、カレンもロザに舌を差し入れ、唾液を流し込んでくる。彼女は膝立ちでロザに覆い被さり、襲いかかる。ロザは無意識に力を抜いて、カレンに制圧されるのを望んでいた。両手で顔を掴まれるのさえ気持ちいい。口腔に溜まっていくものを嚥下し、もっとおねだりする。互いの唇を赤く汚し、二人は欲望のままに口を動かす。

「んちゅ、ちゅぴ、かれんっ、カレンっ、カレン……！」

ロザはまともに動かない舌で、繰り返しカレンの名前を呼んだ。言葉にしなければ彼女のことが頭の中いっぱいに膨らんで、破裂してしまう気がした。呼べば呼ぶほど、カレンは体重をかけ、熱心にロザの口腔を味わってくれた。いつしかロザは押し倒され、カレンに跨がられていた。

「ひあっ？　あぁぁっ！」

キスは永遠に続くように感じられたが、その最中に胸をもまれて、ロザは大きくのけぞってしまう。反応に驚いたのかカレンはまたキスしようとはせずに、ロザを見つめた。

「やっぱり、このまま……」

「だからっ、ここは外だろ……！　戻ってからだって……」

これほどまでに昂っていても、ロザはカレンを拒もうとする。キスだけでお腹の奥は熱を溜め、胸も先っぽが立ち上がってしまっている。だけど、外で隠れもせず獣みたいに盛るなんて、ロザは経験したことがなかった。

「確かに外で肌を晒すなんてはしたないけれど、ここには誰も来ないわっ！　だから見られたりしないのよ？」

「あ、あのな」

「さぁ続き続き！　ロザっ！　私も脱いであげるから」

元気よく言い切って、カレンはドレスを脱ぎ始める。ロザも逡巡したのち、観念して胸元を緩める。結局、こんなところで生殺しにされて我慢なんてできるわけなかった。キスした時点で、許したも同然だ。

「うふふふふっ！　すぅすぅする！」

「あたしもだよ……」

二人で一糸まとわぬ姿になり、見つめ合う。お尻や太ももが草でちくちくする。腕で身体を庇っているロザに比べ、カレンは堂々としたものだった。胸の高鳴りが緊張なのか興奮なのか、ロザにはもう分からない。開放感に酔っているのか、カレンは裸のままで大きく伸びをして、脚を開いたまま座っていた。トリルとの絡みを見守っていたことはあるが、これほど間近でカレンの美しい肢体を見つめたことはない。

「あら？　ロザのあそこ、前よりすっきりしたのね」

「ば、ばか。そんなとこ見るなって」

ロザは慌てふためいてそこを手で隠した。しょっちゅう毛深いと言われるのを気にして、ロザは先日秘所を整えていた。すべて剃り落とすと子どものようだから上の方だけ残したが、やはり観察されると恥ずかしい。手をどかそうとするカレンに抵抗していると、彼女は頬を膨らませた。

「もう、ちゃんと見せなさい？　そんなに恥ずかしいなら私のも見せてあげるからっ」

カレンは躊躇いなく自分の秘所を両手で左右に拡げた。

目を瞑ろうとして、できなかった。その身体と同じように、カレンの秘所はどうしようもなく美しいものだったから。

ロザはゆっくりと、自らの秘所に手をやった。カレンが観察しやすいよう、両手の人差し指だけでぱっくりと拡げてあげる。

「見せっこすると面白いわね！　私達の、ぜんぜん似てない……」

「うぅ……っ」

野外で、裸になって、小さな女の子と、秘所を見せ合っている。

自分の状況を一つ一つ噛みしめて、ロザは身体中が熱くなるのを感じた。もっと間近で観察しようとしているのか、カレンはじわじわとにじり寄ってくる。そんな彼女から目を背けることもできず、ロザもお互いの秘所を見比べてしまう。

カレンの秘所は艶のあるピンク色をしていて、一切の穢れがない聖域だった。白い肌と合わさって、雪原に咲いた花のよう。一方でロザのそこは花弁が大きくて、外側も黒ずんでいる。まるで鶏冠のようで、カレンと比べれば醜いとすら感じる。以前、こんなところをカレン達に舐めてもらったのか。

「今日はあそこをどうするの？　舐めるの？　それとも触る？　ロザがするの？　それとも私からしてあげましょうか？」

ロザとは対照的にカレンはいきいきとこれまでの復習をしようとしていた。どの方法もたまらないものがあったけれど、もっとお互いのことを感じたくて、ロザはか細い声で自分の望みを伝えた。

「くっつけてみる……とか……」

「なにそれっ！　はやく教えて！」

　思った通りカレンは興味津々だった。これからすることを想像して、ロザは脚の間が疼き出すのを感じた。あまりしたことのない体勢だから、きちんとよくできるよう頑張りたい。さっきよりも両脚を開き、カレンに手をのばす。

「あたし達のお[redacted]こを合わせるんだ。ほら、もっと近づいて……」

「そんなのがあるのね。いいわ、しましょう！」

「ん……」

　カレンはロザと片手を合わせ、指を絡ませた。そうしてロザに導かれるままに、脚を組み合わせ、交差させる。

「カレン……っ」

「うふふ、なぁに？　ロザ」

　カレンを膝上に乗せるような形で、ロザは彼女と向かいあう。空いている手でその細い腰を引っぱって、さらに秘所を引き寄せる。

　そうして、ロザとカレンは隙間なく重なった。

「んっ！　んぅう……っ！」

　身体が後ろに倒れそうになるのを堪えて、ロザは身体を起こしたまま、カレンの肩に手を回した。体温のない身体に自分の熱を伝えようとする。

「はぁっ！　はぁぁぁあ……あ、ああ！」

「あはははははっ！　ロザのあそこ、とっても熱いわ……」

柔肉が押し合う僅かな刺激でも、ロザは芯から激しく揺さぶられた。もっと腰を突き出したいけれど、初めは抱き合う格好で、カレンのことをすぐ側で感じたい。腰をくねらせ、ちょうどいい位置を探る。カレンの表情には余裕があって、こちらの顔をじっと観察している。彼女にも、もっと感じてほしい。

「上の方に、ぷくってしたところ、あるだろ？　ん、あぁ……そこを合わせるのが……っ！　あたしは、すきっ」

「きゃふ、ひ、ぁ……こぉ？　こんな感じ？　ふふ、うふふ！」

ロザのやり方を真似て、カレンも腰を動かしはじめる。周りが静かなせいで、濡れそぼった秘所が擦れて、にちゅ、にちゅ、と音を立てているのが分かる。そんな音や息遣いにもロザはせき立てられる。浅ましく脚が開いてしまって、もっともっと擦ってほしいと相手にせがんでいる。

「ねぇっ！　こうした方が……んっ、気持ちいいんじゃないかしら！」

ロザが必死で腰を振っているうちに、カレンは違うやり方を思いついていた。彼女は後ろに片手をついて、もっと腰と秘所を突き出す。ロザが避けていた、もっと気持ちよくなれる体位を彼女は見つけ出していた。

「あっ！　やっ、カレンっ、かれんんっ！」

急に刺激が強まって、ロザは歯を食いしばった。この体勢は相手の身体が離れてしまうから、ひどく寂しい気持ちになる。少しでもカレンを感じたくて、ロザは彼女の膝に手を掛け、ぐっと引き寄せた。すると秘所の合わさり方が変わって、カレンの身体に緊張が走った。

「んひっ！　いまっ、すっごくあそこがぴりってした……！　ロザ、わたしたちっ……キスしてみたいぃっ！」

「あぁあっ！　ふあぁ、ああ……うん……っ！」

カレンは動きを緩めず、夢中で秘所同士の深いキスを味わっていた。そんな彼女にロザはすっかり手綱を握られて、喘ぐことしかできない。

やがてロザも身体を後ろに倒し、腰を揺らめかせ始める。開いた鋏を噛み合わせるようにして、お互いの秘所だけを合わせる。こりこりの花芯同士が押しあって、馬鹿になってしまいそう。カレンと抱き合えない寂しさも快楽に塗り潰されていく。

「か、かれっ、かれんんっ！　あたしっ、もうだめぇえっ、ふああっ！　ああんっ！」

「きゃっ！　どうしたの？」

先に限界が訪れたのはロザの方だった。もうわけも分からず、彼女は涙目で身体を震わ

せていた。カレンに触れたくて手を宙に掻かせると、それに気づいたカレンはしっかりと手を繋いでくれた。

「いくのね？　いいわ！　いくところ、私に見せてっ！　ほら、がんばって！」

カレンは慈しむのように笑みを浮かべて、一生懸命腰をくねらせる。花芯をぐりぐりと押し潰されて、ロザはあっけなく理性を手放した。

「うんっ、うん、かれんっ、いくっ！　いくぅうぅ！　ひぃぃんっ！　ひあぁぁぁあぁあっ！　あっ！　あぁ！　あぁはぁあぁぁ……！」

恥じらいなんてかなぐり捨てて、ロザは一際大きな鳴き声を上げた。そのまま地面に倒れこみ、犬のように舌をだして荒く呼吸する。まだ頭はちかちかして、花芯はじんじん疼き、蜜口は欲望を垂れ流しにしている。視線を感じて、ロザは目を開ける。余韻に浸るだらしない顔を、カレンは嬉しそうに眺めていた。

「すっごい声だったわ……！　そんなに気持ちよかったのね？　私、あそこでも上手にキスできたのかしら」

カレンもまた情欲に滾った顔つきで、唇からは鋭い牙を剥き出しにしていた。

「な、なぁカレン……」

ロザはつっかえながら呼び掛ける。

「どうしたの？」

一度、小休止挟んだことで、ロザは思考を取り戻していた。

さっきはあたしばっかり気持ちよくなってた。もっともっと、カレンのことを――

緩慢に身体を起こし、カレンの膝に顔をすり寄せる。

「あんたのことも、ちゃんと気持ちよく……したい」

「うふふふ、私も気持ちよかったわ。またしましょうね、ロザ」

「や、でもさ……イってはない、だろ？」

カレンは興味深そうにロザの言葉を繰り返し、神妙に頷く。

「そうね……トリルから教えてもらった『頭がぱちぱち、ちかちかする』って感じは分からないかも。それを教えてくれるの？」

「待ちきれないなら……あたしの血を吸うのが先でもいい、けど」

「ううん！　気になるわ！　私、イってみたい！　本当にぱちぱち、ちかちかするの？　ほら、ロザ！　早くぅ」

ぐいぐい来られるとこちらが尻ごみしてしまう。ロザにとって性行為は秘め事という意識が強く、カレンのように楽しむのには恥じらいが勝る。どぎまぎとするロザを急かして、カレンはその額へ何度もキスを落とした。

「頑張るよ、カレン」

「ええ！　ほら、おいで……ロザ……」

許しを得たことがたまらなく嬉しい。

信じて身を委ねてくれるのなら、誠心誠意カレンのために尽さなくては。

ロザは四つん這いでカレンのもとに近づき、彼女のすらりとした太ももを撫でる。

「もうちょっと脚、開いて」

「いいわ」

カレンは素直に脚を開き、そのあわいを再びロザの前に披露した。

そっと丁寧にカレンの聖域を両手で拡げる。何度見ても神々しいまでの美しさに胸が高鳴る。ロザは恭しく頭を垂れて、そこに口づけた。

「ちゅ、ちゅるっ……んはぁ、あふっ……」

「ひゃっ！　ほんとにキスされちゃった……」

驚きからカレンの脚が僅かに閉じられるが、その力は弱いもので、太ももの感覚が心地よい。鼻をひくつかせると、トリルと同じく、カレンの花も匂いが薄かった。くれぐれも欲望に飲まれないようにしたい。

「カレン……んちゅ、れるぅ……」

まずは感触に慣れてもらおうと、ロザはカレンの秘所に唇全体をくっつける。軽くもごもご動かしてから、舌を付けて、溢れている蜜を塗り広げるようにゆっくりと舌を動かす。自分がしている側だというのに、それだけで脳が痺れる。お腹の奥が切なくなって、こちらの秘所も蜜が垂れてしまう。見えない尻尾を振りながら、ロザは蜜口の周りを重点的に舐め上げる。

「ぴちょ、ぴちょ、れろぉっ……んん、ん……」

「あふっ……ロザったら、あそこのあなばっかりぃい……っ、あ、はぁあん……！」

カレンの身体は敏感で、ロザの奉仕にしっかり応えてくれた。彼女は声を抑えずに喘ぎ、両手でロザの髪を乱す。

カレンの声に興奮しながら、ロザはじっくりと蜜口をふやかす。早くもほぐれつつあるそこは、ロザの舌先を愛情いっぱいにくわえこむ。もう指を入れることもできるだろうが、焦ってカレンの身体を傷つけたくない。だから次は——

「あぁっ！　ん、そこぉ……っ！」

行為に変化をつけようと、ロザは新しいところに狙いを定める。舐めるのを続けながら、さらに片手でカレンの花芯をあやしてあげる。ピンク色の真珠のような花芯はすでにぷっくりとしていて、簡単に包皮を剥くことができた。指の腹で軽くさするだけで、カレンは甘い鳴き声を出した。

「ひあぁぁあ！　ひぃっ、ひぁぁあぁ！　あぁぁ！」

「ぷぁ……カレン、続けても大丈夫そうか？」

あまりに激しく喘ぐものだから、ロザは手と口を止めて顔を上げた。カレンは目に涙を浮かべ、せわしく息づき、ロザに何度も頷く。

「ええ！　ええ……っ、もっとして……あそこをなめられるのきもちいい……ロザぁ」

あんな蕩けた顔を見せられたら、もっともっと頑張りたくなる。ロザは息を吸って、また秘所に顔を埋める。カレンとトリルも自分の秘所を口で責めてくれたけれど、そうしたことはこちらの方が上手だ。ロザはすっかり充血したカレンの花芯を唇で強く吸った。

「ぢゅっ、ぢゅぱっ、ちゅぅううぅ……っ」

「あっ！　なにぃ、それぇえっ」

カレンの両脚がこわばるのを感じた。それでもロザは責めを緩めず、下品なぐらい口をすぼめて花芯を吸い上げる。すると、これまでより激しく蜜が湧き出して顎を濡らす。カレンが気持ちよくなっているのを感じて、ロザは満たされていく。声を聞いているだけで身体は昂り、ロザも脚を開き、地面に蜜を滴らせる。もう頭の中はカレンのことでいっぱいだ。

「はひぃい、ロザのっ！　ロザのキス……すごいわっ！　あぁぁっ……！　いっぱい、きもちよくしてぇ……ロザ、ろざぁ……」

「ちゅ、んちゅっ、カレン！　カレン……っ」

求められるままに、ロザは花芯を甘噛みまでしてしまう。するとロザを呼ぶ声は一層鋭く、切羽詰まったものになり、彼女に奉仕をせがむ。

「あっ！　あぁぁぁ、私、いっちゃうのかも……ロザ、いきたい！　いかせて……」

そんな懇願をされては、理性が壊れる。言葉の通り、カレンの身体は小刻みに震え、限界が近いことを伝えていた。

「ん、んんっ、ぢゅっ、ぢゅうぅぅううっ」

求めに応じ、ロザは両手でカレンの太ももをがっちりと抱えこんだ。そうして逃げられなくしてから、丹念に舌を使ってカレンを昇りつめさせる。花芯を磨くようにして舌全体でねちねちと責め立てると、ロザの頭に置かれた彼女の手が、髪をくしゃくしゃにした。

「はぁぁぁ、あぁあ！　ロザっ、ロザぁ！　ひぁあぁぁぁぁんっ！」

そしてついにカレンはその瞬間を迎えた。

「……っ！　はぁああっ、あぁあああああ……！」

腰を浮かし、秘所をロザの顔に押しつけて、カレンは初めての絶頂を存分に味わっていた。彼女に鼻も口も塞がれながら、ロザもきらめくような幸せを感じていた。波が引くまで、ロザは寝転がっているカレンの身体を撫でてあげる。

「はぁ、はぁ……」

「ん、れろ、ぴちゃ……」

カレンから離れがたくて、彼女が落ち着いてからもロザはうっとりと秘所を舐めていた。拭き掃除でもするように、お尻のつぼみまで垂れた蜜を舐めとり、花弁のつゆを啜る。いつまでもこうしていられる気がした。カレンもこちらに気づいて身体を起こし、頭を優しく撫でてくれた。犬にでもなった気分だ。

「ふぅう……ねえ、ロザ」

「ん……？」

「ニンゲンってあそこのおつゆを飲むのが好きなの？」

「え」

しつこいのを咎められている気がして、ロザはようやく口を離した。カレンは興味深げに自分の蜜を指で掬い、舐め取っていた。

「おつゆを飲んでるときの貴女って、食事してるみたいにきらきらしてるの！　私達にとっての血のようなものかしら」

「そんなんじゃないよ。……あたしは好きだけどさ」

「力もつかないのに、おつゆを舐めるの？」

無垢な瞳に射貫かれて、ロザは顔を真っ赤にした。

「わ、悪かったな。好きなんだよ、舐めるのが！　相手が気持ちよくなってるのを感じられる気がしてさ！」

半ば自棄になってロザは己の嗜好を明かす。どんなやり方よりも、舌を使う方が好きだ。相手に奉仕しているという実感は心を満たしてくれる。カレンのように大切な相手ならば、なおさらだ。

「ふぅん？　それなら、いくらでもどうぞ！　気持ちよくいかせてくれたおかえしよ」

また秘所を満開にして、カレンは優しくロザを迎え入れようとする。おいしそうだと感じた自分があまりに恥ずかしくて、ロザは自分の顔を手で覆った。

「待って、いいことを思いついたわ！　仰向けになって、ロザ」

また顔を埋めようとしたところで、おあずけをされる。犬みたいにくぅんと鳴きそうになるのを、なんとか堪える。

「なんだよ……どうするつもりだ？」

言われるままに寝ると、カレンが顔の上に跨がってきた。秘所が目の前いっぱいに広がり、そのまま口が塞がれる。このままお互いの秘所をなめ合うこともできるだろう。とんでもない体位になっているなんて、無邪気な彼女は気づいていないようだ。たじろいでいると、カレンはロザの内ももにキスして、牙を当てた。

「こうしたら、私は血を吸えるし、貴女はおつゆを舐められるんじゃない？　どぉ？　素敵でしょ？　うふふふふっ！」

「いいと……思う」

顔をずらして返事する。すごく変な感じだけど、悪くない。どうせ、ここでは二人きりなのだから。

脚から熱が引く。ロザのペースに合わせるように、吸血は穏やかで、おとなしい。

奇妙だけどお互いを思いやった体勢で、二人は心ゆくまで体液を分け合った。

×××

小休止を挟んでから、カレンとロザは服を着て、また光柱を前にしていた。先ほど血を吸ったばかりで、カレンの力はこれ以上ないほど高まっている。今なら太陽の光さえ、克服できるかもしれない。

「ヤバいと思ったらすぐやめるんだぞ？」

「もうっ、心配しすぎ！」

とはいえ、安心して見守るなんてロザにはできなかった。カレンが焼け落ちていく姿を思い出す。すぐに光の中から助け出せるよう、ずっと手を繋いでおきたかった。そんなロザの想いをよそに、カレンは光の柱に歩み寄っていく。

「私のこと、見ててね！」

「ああ……」

「じゃあ、いくわっ」

ロザに手を振って、カレンは最後の一歩を踏み出した。その足取りに恐れはなく、堂々と光の下に彼女は立つ。黄金の髪が、白磁の肌が、漆黒のドレスが、よりくっきりとロザに披露され、そして――

「わぁああ！　すごい、すごいわ！　貴女も分かるでしょう！」

ドレスの裾をはためかせ、踊るようにカレンは回る。その肌にはどこにも焼け焦げがなく、ロザは彼女の望みが果たされたことを確信する。

「カレン！　やった！」

「ロザ！　来て！」

光の中から伸ばされた手を取って、光の中へ。感極まって飛びついてきたカレンを、ロザは抱き留めた。降り注ぐ陽光のぬくもりをカレンも感じている。そのことに胸がいっぱいになる。

「貴女のおかげよっ！　ありがとう、ロザ」

「あんたが諦めなかったからだよ。やったな、カレン」

「私ね、とっても調子がいいの。今なら太陽の光を克服するだけじゃない！　なんだってできるわ！　だって私は！」

興奮した面持ちで喋っていたカレンは、出し抜けに言葉を切った。勿体つけるようにぐっと溜めて、ロザに胸を張る。

「カレンデュラ・アエスタス！　ノクタミラで一番すっごい吸血鬼なんだもの！　怖いも

のなんて何もないわ！」

高らかにカレンは名乗りを上げた。彼女の姓をロザは初めて耳にしていた。カレンというのは本名を縮めたものだったらしい。

「あんたの名前、本当はそんなのだったのか」

「ふふ、いい名前でしょ？　でも、これまで通りカレンと呼んでいいわよっ」

「ハ、改めてよろしくな、カレ――」

彼女の名前はロザが言葉にする前に、遮られた。

「カレンさまーっ！」

その声は頭上から聞こえた。そちらに顔を向けると、トリルが空を飛んでいた。こちらへ向けて真っ直ぐに、トリルは近づいてくる。カレンが光の中にいることで、何が起きたのか察したのか、トリルも輝くような笑顔だった。

「カレン様！　太陽が平気になったのですね！　すごいです！　すごすぎなのです！」

「そうよっ！　トリル！　もっと近くで見て！　私、やっと――」

勢いよく手を振っていたカレンは、しかし、だしぬけにその手を止めた。笑顔を曇らせ、手を下ろす。光のせいで不調を感じたのかと、ロザも不安げに彼女を見る。

「どうした？」

「あのねっ！　ロザ……ええと……」

「おい、なんだよ」

「カレン様？　どうしたのですか」

様子がおかしいことに上空のトリルも気づき、ゆっくりと地面に降り立った。そのまま主に駆け寄ろうとして、彼女は光の前でもどかしげに足踏みする。

まだトリルは光を克服していない——ロザは二人を代わる代わる見て、カレンの前にしゃがみこむ。

「光のせいか？　まだ、ずっと平気なわけじゃないのか？」

カレンの肌には傷一つない。しかし見えないところで悪いことが起きていたとしても、ロザには知る術がない。胸騒ぎが抑えきれず、ロザは縋るようにカレンを見つめる。

「ごっ、ごめんなさい。外に……行きましょう」

「よし、外だな！」

急いでカレンを抱きかかえ、ロザは光から出る。トリルもすぐさま側に来て、カレンを気遣う。二人に見守られながらカレンはロザの腕から降りた。俯いていたロザはしばらく時間を掛けてからようやく顔をあげた。

「もう大丈夫。心配させてごめんなさい」

「良かった……」

「カレン様に何かあったら、トリルは……トリルはっ」

「本当に平気よっ。その……無理しすぎたのかしら……少しずつ、身体を慣らした方がいいのかも」

そう言って、またカレンは下を向く。落ちこむ彼女を励まそうと、ロザは声を張った。

「それでも大したもんだって！　なぁトリルも見てたろ、カレンがついに……」

「さっすがカレン様なのです！　ずっと、この日を待ってました！」

「ありがとう、二人とも。地上に帰る日も近いわね！」

カレンが笑顔を取り戻したことにロザは胸をなで下ろす。トリルも嬉しそうにロザへ笑いかける。

「カレン様っ！　トリルが寝ている間に何をしていたのですか！　どうやって太陽の下に……」

「いつも通り血を吸っただけよ？　それより聞いてよトリル！　地上に帰ったら、ロザは海に行きたいんですって！」

「おおっ！　海！　トリルも見たことありません！」

トリルの言葉をきっかけにして、またこれまでのように華やいだ空気が帰ってくる。カレンもすっかり元通りだった。

「ロザ、カレン様と二人きりで何を話していたのですか。トリルにナイショなんてダメですよ！」

「分かってるよ。置いていって悪かったな」

「そうですよっ！　トリルはカレン様とずっといっしょなのです！　……それからロザも」

そうして、三人は行きたいところを口々に話し合った。憧れの世界を飽きることなく、いつまでも。

二人の笑い声を聞きながら、ロザは思う。

地上に出たら、こんな風に三人で海を眺めたい。

きっとその日はすぐそこに——目を閉じると、太陽に照らされて輝く海が広がっている気がした。

# 第四章　時の訪れ

水がほしい。

寝室はじっとりと蒸し暑く、紅茶のポットに頭を突っ込んでいるような気分になる。ただし、紅茶のような良い匂いはしない。閉めきった寝室に充満しているのは、生々しい獣の匂い。

「のど、かわいた……」

積み重ねた枕に身を埋めたままで、ロザは呟いた。

「まぁ大変！　ほら、飲んで……」

「んくっ、んぅ」

かさついた唇がカレンの唇に塞がれる。彼女の舌からとろとろの唾液が流し込まれ、ロザは必死にそれを飲む。

「ちゅぷ、ちゅ……っ、ぷぁ、ロザっ、どうですか？　トリル、うまくなってますか？ぢゅるるる……」

「っ！　うあぁぁっ、あっ、あぁぁぁ……」

補った水分は、すぐに蜜口から出て行ってしまう。トリルの舌が、ロザのナカを穿ったからだ。ロザは腰を浮かせ、もう何度目か分からない絶頂に至った。トリルはこの数日でとても上手になった。もう弱点がぜんぶばれてしまった。トリルの舌と唇と歯に、ロザは逆らえない。

「ロザ……またいったのね。私がもおっと気持ちよくしてあげる」

達したばかりで敏感な身体に、カレンは甲斐甲斐しく吸い付いた。胸に、腹に、おへそに痕を付け、仕上げにカレンは花芯を舌先でつついた。責められっぱなしの花芯は前よりも大きくなってしまった。ロザの身体を彼女は残らず暴いていた。

「あぁ……カレン……トリル……」

ロザはうわごとのように二人を呼び、また気をやった。

吸血鬼は疲れを知らない。三日三晩続けたって、元気いっぱいだ。眷属になって、前より体力はついたけれど吸血鬼には及ばない。なにより、身体よりも心が音を上げている。頭に霧が掛かって、考えがうまく纏まらない。

太陽の光を克服した日から、カレンは昼も夜もロザを欲している。トリルも主に従い、ロザも二人のために身体を捧げた。三人は折り重なり、爛れた日々に埋没していった。

休みなくふしだらなことに耽っていると、脳みその中身をドブにぶちまけているような感じがする。まともなものは何も残ってない。

だから、つい、欲に流されてしまった。

「ゆび……指入れて……」

緩みきった花弁を片手でだらしなく拡げ、ロザはおねだりした。

向かい側の二人の視線が、蜜口に注がれるのを感じる。

「いいの？」

「ロザ、大丈夫ですか？」

自分を気遣う声に、ロザは何度も頷いた。

今までは口でするか、お互いのを合わせるか、その二つだけを繰り返してきた。新しいやり方は試さないようにしていた。すでに気持ちよすぎるのに、これ以上新しいことを教えてしまったら、頭がおかしくなるまで責められてしまいそうで怖かったからだ。

そんな歯止めも、この三日間で溶けてしまった。

「カレン様っ、どうぞ！」

「え、ええ。でもどうすればいいの？」

不安げなカレンの返事を聞いて、ロザはのろのろと枕の山から身を起こした。真剣な面持ちでベッドに座っているカレンの手を取り、その指先にキスをする。

「こうやって……中指と薬指で……そう、ゆっくりな……」

二本の指だけを立てた形を作る。彼女の爪は伸びていないし、肌にささくれもない。これまでもたくさん自分のことを愛してくれた大好きな指。そのまま、彼女の指を秘所にあてがう。カレンもトリルもその光景に吸い寄せられていた。

「ん、ぅ……ぅうあー……」

「ロザのあそこ、とってもあったかい……」

導かれるままに、カレンは座ったまま身を乗り出して、指をさらに奥へと差し入れる。

これまでとは異なる、ナカを押し拡げられる感覚にロザは声を震わせた。

「このまま出し入れしていいよ、あたしは平気だから」

手を離しても、カレンは様子をうかがうばかりで指を動かしてくれない。そんな彼女にロザは笑いかけた。

「分かったわっ」

「そう、そんな感じで……ふ、あ、はぁあ」

遠慮がちにカレンの指が内側を擦る。久々の感覚が快くて、ロザは両手を握りしめ、秘所に集中する。彼女の手つきは優しく、慎重だった。

「きゃっ！」

「どうしたのですか、カレン様？」

「今、あそこがきゅっとしたの……」

戯れに指を締めつけてみると、カレンは取り乱し、こちらを見つめてくる。真剣そのものな目つきが面白くて、ロザは口元を緩ませる。

「気持ちいいと、きゅっとするんだよ……あんた達だってそうなるだろ？」

「痛くしちゃったのかと思っちゃったわ！　もっとしてみていい？」

「いいけど……」

そっと頷けば、またカレンの指がロザを探り始める。これまでよりも動きが早く、相手に気持ちよくなってほしいという思いが伝わってくる。

「ひぅ、う、あ……んぅ……あっ……」

ちゅこ、ちゅこ、という水音のペースが早まる。ひりつくほどの視線も感じる。自分が発する淫臭も濃くなっていく。あらゆる刺激に取り囲まれたロザは唇を噛みしめ、何度も息を吐く。単純な手つきにどうしようもなく追い詰められている。気がつくとロザはまたベッドに仰向けに倒れこんで、快楽を余さず受け止めようとしていた。枕に頭を押しつけて、二人の責めを何もかも受け入れる
「ロザのあそこ、びちゃびちゃなのです……音もすごい……」

「そんなの、言わなくていいって……！　ふああっ」

「またきゅうぅってなったわ！　気持ちよくなってるのね。ふふ、上手にできてるみたいでよかった」

「はぁあ！　はっ、はぅうう……！」

一方的に責めている側で余裕があるのか、カレンとトリルはロザの艶姿を鑑賞していた。

自らの痴態を二人から聞かされて、ロザの心は千々に乱れた。そんなにも、感じてしまっているだろうか。意識すればするほど一層身体は敏感になり、少女の指に踊らされてしまう。そのうちにカレンの指が曲げられて、ロザの天井を押し上げた。

「ひっ！」

鮮烈な快感に、ロザは腰を跳ねさせた。反射的に両脚を閉じてしまう。そこは、苦手なところだった。あんまり責められると訳が分からなくなってしまう。

「ここがいいの？　上の方、気持ちいぃ？」

「きっとそうです！　ロザの声、すっごくおおきくなっていたのです」

「あっ、おぁ……ふぎゅぅう……」

弱点に気づいたカレンは手加減なく攻め込んできた。必死に声を我慢しているせいでロザは濁った喘ぎを吐き出す。

「我慢なんかしないで？　私達はロザにたくさんいってほしいだけ。もっともっと感じて、もっともっときらきらして？」

しかし、相手の昂りを感じ取れるカレンに隠すことはできなかった。早くもこつを掴んだのか彼女は指の腹を天井に押しつけ、ロザの隠そうとしているものを丁寧に引き出していく。

「ふうっ、うぅうっ！」

一切の余裕が剥ぎ取られた、獣じみた嬌声。こんなものを聞いてカレン達は何を感じているのだろう。責められっぱなしで、相手の顔を見る余裕もない。

「やっぱり……ここが良くなれるところなのね……」

完全に主導権を握られてる——そう感じて、ロザの肌が粟立つ。今すぐ枕でこのいやらしい顔を隠したい。けれど、カレンは顔を隠すのを許してくれないだろう。

「ね、トリルもやってみて……」

「え……」

「ふぁ？」

それだけでは飽き足らずカレンは更なる責めを与えようとしていた。ロザだけではなく、トリルも困惑しているようだった。トリルは気遣うようにロザを見やり、そしてカレンに首を振った。

「で、でも……ロザ、さっきから苦しそうに見えるのです」

「心配しないで、さっきからすごくきらきらしてる……今までで一番おいしそう……」

すでにカレンは血に酔っていて、加減を忘れていた。

「ロザっ、どうしますか」

その問いで、ロザは思考を取り戻した。

「続けるでしょう？　ロザ」

「あぁ……」

カレンはおもむろに指を引き抜き、ロザを覗きこむ。

「あたしは……」

ロザはすぐに返事できなかった。この一線を越えばきっとこれまでにない快楽を味わえる。だけど、このまま果てしない欲望に身を委ねていいものだろうか。

そんな時に頭をよぎったのは、三人で語らった夢だった。その実現まであと一歩の所まで来ている。これほどの悦楽と愛情の混じった血であればカレンもトリルもさらに力を取り戻すことだって――

ロザはトリルを抱き寄せ、その顔を胸に埋めさせる。彼女の身体を感じて、秘所がじんじんと疼いた。

「いいよ……。このままあたしのこと、めちゃくちゃに……っ」

「ロザぁ……」

「そうよねっ！　トリルもしたいわよねっ」

ロザに当てられたように、トリルの返事も甘い熱を含んでいた。

そんなトリルをカレンはうきうきと自らの側に招き寄せる。

「あのね、中指と薬指をこういう風に曲げてぇ……」

カレンはトリルの手を取り、懇切丁寧にやり方を教えていた。トリルも熱心にそれを聞いていて、まるで仲の良い姉妹のようだ。一方で刺激の止んだナカは痛切に少女の責めを求め、欲している。二人の間に浅ましい感情を差し挟みたくなくて、ロザは口を覆い、腰が浮かさないように我慢する。早く、早くと念じながら。

「やってみて、トリル……」

「いやだったら、言うのですよ！　もうトリルはオマエを痛がらせたくないのです……」

「ん……」

ロザは頷くことしかできなかった。おずおずとトリルが手を伸ばし、蜜口に触れる。彼女の指先も柔らかだった。カレンの時よりもぎこちなく、トリルの指が沈んでいく。

「ひゃ！　指がもぐもぐされてるのです……！」

「トリルぅ……っ、ふぅぅう……」

驚いて手を引っ込めようとするトリルに、ロザはいやいやと首を振った。許しを求めて見つめてくる彼女にぎこちなく微笑んで、その指をねだる。思いを汲んでくれたのか、トリルは意を決したように唇を引き結び、また指を奥へと進める。脳を突き上げるものが、否が応でも強まってくる。

「あぁっ、はふぅう、うっ、うう―……」

「ロザ、気持ちよさそう！　指を曲げて、上のところを触ってみてあげて？　きっと喜んでくれるわ！」

「はいっ、カレン様」

トリルは真剣にロザの快感を引き出そうとしていた。彼女の手つきは不慣れで拙い。けれど、乱暴ではなく労りにみちたその指にロザの心は燃え上がっていく。トリルと繋がっていることには安らぎと喜びを感じる。

「んく、う、あぁっ！　とっ、とりるぅ……っ」

いいところを擦られて、ロザは甘えた声を上げた。

カレンの助言もあって、トリルもまたロザの急所に辿りついていた。緩い動きしかされないのがかえって情欲をかき立てる。内側を擦られる度にロザの身体は何度もこわばり、お腹の奥を滾らせる。指を入れられる前から幾夜も乱されてきて、ロザはとうに限界を超えていた。

もっと激しく乱してほしいのか、このまま優しく擦り上げられたいのか、自分でも分からない。

「こんな、ほかほかぬるぬるなところ初めてです……、動かしたらきゅうぅってして……トリル達のおまたも同じようになっているのですか……？」

「ひあぁぁっ！　そんなのっ、あたしにはわっ、わかんないぃ……っ」

返事になっていないような声を上げ、ロザは涙を流した。目の前がちかちかと光る。

「ロザってばすごい顔……ね、トリルの指は貴女のどのあたりを触ってるの？　このあたり？　それともこっち？」

そんなロザを見ているだけでは退屈だったのか、カレンは彼女の顔をまじまじと観察しながら汗ばむ身体に手を這わせる。

「やっ！　カレンっ、そこ、やだ、やぁぁあ……」

カレンの指先がおへその下を滑る。それだけでも肌が粟立つのに、彼女はさらにおへその下を指でぐりぐりと押し込んできた。ただマッサージのように押されているだけ、それなのにロザの頭の中で火花が散る。

身体の外側から触られているだけで、こんなにも感じてしまうことにロザは戸惑う。指で押される感覚がお腹の奥にまで響いてくる。ナカの深いところを、意識させられる。カレンとトリルよりは慣れているつもりだったのに、いつの間にか二人の手で未知の世界へと連れ去られてしまった。怖いぐらいの快楽に溺れ、息が止まりそうになる。

「ほんとに、それぇっ、おかしくなるから……っ、んくっ、うあぁああ……！」

「不思議、お腹でも気持ちよくなれるのね。どのあたりが一番気持ちいいのかしら」

情けなく懇願してもカレンは手を止めようとせず、乱れるロザを楽しんでいた。彼女の両手は踊るようにロザのおへその下を押して、初めての快感を刻みこもうとしていた。ロザにできるのはだらしなく喘ぐだけだった。

「ロザのおまた……ぱくぱくしてて……ぬるぬるもすごいのです。ロザっ、気持ちいいですか？」

「うーっ！　ひあぁぁあっ、あぁっ！」

トリルの問いかけをロザは理解できなかった。トリルの指も単調な出し入れから、段々と変化に富むものへと変わっている。果てしなく気持ちよくなってほしいという思いが、様々な方法をトリルに試させているようだった。

内と外、両方から責めたてられ、ロザは身も心も奪い去られる。

「はぉっ、あ、あっ、あっ……はぅう」

「こんなにきらきらして……いきそうなのね？　いいわよ、思いっきりいって！　ロザ！」

「ロザ、すっごくおいしそうなのです。ああ、ロザっ、ろざぁ……」

切羽詰まった喘ぎを漏らし、ロザは身体をのけぞらせる。ロザの限界が近いことにカレン達も気づいているようだった。生まれて初めてのところにまでロザは運ばれていく。

「あぁぁっ、ふあっ！　カレンっ、トリルぅぅ……！」

最後に口走ったのは二人の名前だった。

「んんうぅっ、あはあぁあぁ、あぁっ、あっ、あぁぁーっ！」

そのまま言葉にならない悲鳴をあげて、ロザは四肢の隅々まで震わせた。ほんの一瞬、自分が死んでしまったようにさえ感じた。

「あ、ああ……はぁあ……」

長い長い快感の尾が引いてきても身体のどこにも力が入らない。ロザは目を閉じ、深く息を吐いて、心身を落ち着ける。水の流れ落ちる音でロザは自分が粗相しているのを悟る。恥ずかしいけど、身体は緩みきっていて、止められない。やっとの思いで目を開くと、カレンとトリルが目を輝かせてロザを見下ろしていた。

「すごい！　すごいわ！　こんなの、我慢できない……！」

その牙が伸びたかと思った瞬間、喉笛にカレンが食らいついた。

「かは……ッ」

それは今までの吸血とは違う、無慈悲な収奪だった。身体の熱は瞬く間に失われ、抗えない寒気が襲ってくる。ロザは目を見ひらいた。

「カレン様っ！　このままじゃ！」

トリルがカレンを揺さぶり、引き離そうとしている。

このままでは命が危ないと分かっていても、もう身体が動かなかった。

これほどまでに求められ、必要とされることが、どうしようもなく嬉しい。

――だけど、まだ、あたしは夢を叶えていない。

「い……いやだ……！」

まだ死ねない。その意思を絞り出す。そのまま、ロザは暗がりへと落ちていった。

×　×　×

温かいスープも大麦の粥も味がしない。黙々とスプーンを動かしていた手を止めて、ロザはテーブルの向かい側へ目を向ける。

「あ……」

トリルと目が合う。ずっとこちらをうかがっていたのだろう、彼女は慌てて目を逸らし、居心地悪そうにあたりを見渡す。その隣にいるカレンは起きてからずっと俯いている。

「……それ、おいしいですか？」

「ああ……うまいよ」

「そうですか……」

沈黙に耐えきれなかったのか、トリルが言葉を投げかけてくる。しかしロザは鈍い返事しかできず、そのまま会話も途切れてしまう。もう一週間はこんな調子だ。

ロザは首に巻かれた包帯に手をやった。これを見る度に二人はあの日のあやまちを思い出し、苦しんでいる。今すぐ解きたいが、フィーラからしばらく血止めしていろと言われている。無理をして倒れてしまえば、また二人が思い詰めてしまう――

あの日。惑溺の末、ロザはカレンに吸い殺されかけていた。詳しいことはよく思い出せない。散々気をやった挙げ句、死にかけたものだから記憶が錯綜している。目が醒めると屋敷にフィーラが招かれていて、自分の容態を診ていた。二人して泣きながら助けを求めに来たのだとフィーラは言っていた。トリルがカレンを止めなければ、本当に命を落としていたのだという。

カレンは自身の行いにひどくショックを受けて、以来ずっとロザとぎこちなく接するようになっていた。

「カレン……あんた……」

無意識なのだろう、カレンは自分の手のひらを口元に運び、かじり付いていた。熱に浮かされた目つきをしていて、牙も伸びている。ロザの呼び掛けにカレンはびくりと肩をふるわせ、手を下ろした。

「私なら大丈夫よっ！　気にしないで」

そんなわけがない。あれからカレンは吸血をずっと我慢している。手をかじるのだってこれが初めてではない。彼女は幼い心で誘惑に耐え続けている。何百年も血を吸ってこなかった分、血の味を思い出したカレンはすっかり中毒患者のようになってしまっている。

「眠くなってきちゃったわ。少し休むから」

やがてカレンは席から立って、部屋に戻る。どうすることもできず、ロザはその背中を見送るだけだった。トリルは主を追おうとして椅子から降りたが、思い直したようにまた座りなおす。

「なんだ？」

「ロザはカレン様のこと、嫌いになっちゃったのですか？」

お願いだから、好きだといってほしい——トリルはそんな目つきをしていた。

トリルもこの状況に心を痛めている。彼女は何度も二人の間を取り持とうとしてきた。

けれど、ロザを前にしたカレンは悲しげに謝るばかりだった。

「……そんなことない、好きだよ」

死の淵から生還した時のことを思い出す。激しく取り乱し、泣きじゃくる二人を、ロザは黙って抱きしめた。お互いに必要とし合っているのだと、強く感じ、離れられなかった。

「ほんとですかっ！　よかった……」

殺されかけたのに、カレンを許すのはおかしいだろうか。けれど、ロザの心ではまだカレンへの想いが熾火のように灯っている。彼女を放ってはおけない。

「昔っから死にかけたことは何度だってあるさ。次は気をつければいいんだって」

この言葉は目覚めてすぐカレンにも伝えた。しかし未だにカレンは自らを許せずにいる。待つしかできないことが歯がゆくてしかたない。

「トリルにはどうすればいいのか、分からないのです……」

机の木目をじっと見つめながら、トリルは呟いた。トリルもまた、主に倣って血を断っている。健気にも苦しそうな素振りは決して見せようとしない。

「トリルは……カレン様に何もしてあげられません……騎士だったら、困ってるご主人様を助けないと駄目なのに」

「だったらあいつの側にいてやればいい。一人で沈んでたら、誰も気持ちを引き上げてくれないだろ？　隣で手を繋いでくれるやつがいたら……きっと心強いさ」

ロザはトリルに語りかける。辛い思いをしているカレンを、ひとりぼっちにしたくない。彼女は自分よりもずっと、トリルを必要としているはずだ。

「それだけ、ですか。もっと何か……カレン様にできることは……」

以前カレン達の力になりたいと、フィーラに相談したのをロザは思い出した。トリルもまた、カレンを助けたいと思っている。当たり前のことなのに、頭から抜け落ちてしまっていた。落ちこむカレンを気にかけてばかりで、周りが見えていなかったかもしれない。一人で何とかしようとばかり考えていた。

「それだけでいいんだよ。弱ってるヤツのところに駆けつけて、私がここにいるって言うのは頼れる騎士様にしかできないことだろ？」

今はトリルのことを頼りにしたい。ロザは願いをこめて、彼女をカレンのもとに送り出そうとする。

「分かりました。騎士としてカレン様のために……！」

拙い励ましは確かに届いていた。トリルは両手をぐっと握りしめて、椅子から降りた。

「あたしも……フィーラに相談してみる」

こういう時は距離を置いてみるのも悪くないはず。それに、なにもせずに悩んでいるのは性に合わない。ロザは残った食事を勢いよく掻きこんだ。

×××

図書館の受付はいつもと違う相手だった。伏目がちな白い髪の女。眠たそうに頬杖をついている。たしか、フィーラと共に研究をしている吸血鬼だったたか。

「よぉ。フィーラはいるか？」

「ロ、ロザさん。あの……フィーラさん、今日は出かける用があるんです……」

「そうなのか？」

どういうわけか女はひどく緊張していた。彼女の態度はともかく、フィーラに相談できないのは問題だ。友好的な吸血鬼がいないと、こういう時に困ってしまう。

「それなら、また別の日に……」

「あのっ！　一つだけ、よろしいでしょうか！」

受付から離れようとして、呼び止められる。

「なんだよ？」

「本当に……あなた達は太陽の光を……」

彼女がそれを口にした瞬間、図書館の空気が変わった。数人しかいない利用者全員が、耳をそばだてている気がする。カレンの偉業はフィーラを通して広まりつつあった。連中からすればあり得ないのだろう。叶いもしない夢を追っていたはずの少女が、夢を実現しつつあるなんて。

だからロザは息を吸い込んで、わざと大きな声で返事した。

「ああ、マジだよ！　カレンは近いうちに、太陽を克服するね！」

受付の女は笑みを溢し、慌てて恥ずかしそうに口元を覆った。さっきまでとはうって変わって、その振る舞いは希望に満ち満ちていた。

「すごいっ、すごい……本当なんだ……」

女だけではなく、他の連中も目配せしあってる。周囲を見ていると、カレンの成し遂げたことの重みを実感できる。こんな日が来るなんて、連中は考えもしなかったに違いない。

「おや、ロザ君か」

静かに沸き立つ場にフィーラが階上から降りてくる。

どんな用事なのか、彼女は普段とは違って黒ずくめのドレスにベールを被り、葬式にでも行くような格好だった。首元の銀のネックレスが鈍い輝きを放っている。

「フィーラさんっ！　例の件、事実のようで……」

「だから言ったじゃないか。信じられないのも無理はないがね……」

駆け寄った女のことをなだめながら、フィーラはロザのことを観察していた。血を失いすぎた後遺症はないかと、心配しているらしかった。

「あれから体調は？」

「問題ないって。それより、あんたどこに行くんだ？」

「我が主に拝謁するのさ。君達が日光の下に立ったことも報告するよ」

「へえ……？」

これまでロザはフィーラの主に会ったことがない。彼女によれば、外出嫌いのお方なのだという。眷属のフィーラが街のまとめ役をしている所を見ると、主はかなり高い地位にあるのだろう。

「ちょうど君を訪ねるつもりだったんだ。君も我が主に拝謁してほしくてね。吸血鬼と心を通わせた人間を、あの方にもお目にかけたいんだ」

「あたし？　いいよ。あんたのご主人様も気になるし」

道すがら、フィーラに相談してみよう。そんな軽い気持ちでロザは申し出を受けた。

「よろしい、では出発だ」

フィーラに連れられて、ロザは図書館から出る。カレンの屋敷とは反対の方向に二人は進む。

「カレンがさ、あたしを吸い殺しかけたの……ずっと気にしてるんだ」

フィーラについていきながら、相談事を切りだす。彼女もこれまでの事情を知っている。何でもいいからアドバイスがほしかった。

「戸惑っているのだろうね。血に酔うなんてカレンはここに来てから経験したことがないだろうから」

「血を吸われすぎて、そのまま死んじまったヤツもいるのかよ」

「そりゃあ、いるさ。本来、吸血鬼にとって相性の合う血はとても美味なものだ。ここの住民の大半は長すぎる幽閉で、力も、血に酔う喜びの記憶も薄れてしまっているけどね。カレンとトリルはそれを思い出したんだ。君のおかげで……」

「そうか……」

カレン達の様子を思い出して、ロザは首の包帯を撫でた。

「だけどカレンは踏みとどまったぜ」

「彼女は吸血鬼としての衝動に打ち克ったのさ。君が来てから様々なことが、変わりつつあるのを感じるよ。ずっと同じことを繰り返していた世界が動き始めている。ねえロザ、カレンのことが怖いかい？」

すぐには返事できなかった。今でもカレンを愛していると断言できる。しかしあの夜、自分は確かに恐怖していた。もしも再び血を吸われた時にカレンを拒んでしまったら、お互いの間に決定的な溝ができてしまうだろう。

「……吸血については、私が手伝えることもあると思う。さ、ついたよ」

フィーラが足を止めたのは街の端、ノクタミラを隔絶する岩壁のふもとだった。

「あんたのご主人様……家の手入れには興味ないみたいだな」

そこに建っているのは屋敷の残骸だった。壁はツタで覆われ、大きな木が窓ガラスや屋根を突き破っている。玄関だった場所も木の幹で塞がっていた。湿った草木の匂いがする。どこから中へ入ればいいのかまごついていると、フィーラは当たり前のように崩れた壁の隙間に身体をねじ込んでいた。

そんな感じなのか——彼女のようにして隙間を通ると、内部も自然に呑まれていた。吸血鬼はこんなところでも生活できるのか。

「私が初めて植物を育てたのは、この屋敷なんだ。植物が育つ土を探すところから始めたよ。種も地上から流れ着いたものだけしかないから、貴重でね……。苦労してやっと咲かせたスミレを見せたらあの人、すごく喜んでくれたんだ」

フィーラの口調には感情がありありと滲んでいた。理知的な大人の女性ではなく、恋する少女のような弾んだ声音。記憶の中で彼女は主との逢瀬を楽しんでいた。

「屋敷がこんな風になっているのも自然を感じていたいという、あの人の頼みなんだよ。何年も掛けて、私はこの屋敷を森にしたんだ……」

苔を踏みしめ、枝を避けて、フィーラはどんどん奥へと進んでいく。ドレスを着込んでいるのにとても身軽だ。ロザは置いていかれないようについていくのが精一杯だった。

「さぁ、ここが主の間だ」

時には木の幹をよじ登ったり太い枝をくぐったりして進んだ先に目的地はあった。部屋には屋根がなく『月』の光が直接差し込んでいる。床一面にスミレの花が咲いていて、部屋というよりは庭のように感じる。

「あれは……」

部屋の中央を指差してロザは言いよどんだ。

「今は眠っておられるのさ」

スミレ畑の中央には大きな黒い棺がある。石を削り出して作られたもので、草花の紋様が彫り込まれている。フィーラはそこに跪いて、主に眷属の帰還を伝えていた。棺は死者のためのものだ。そこに眠っているというのなら、フィーラの主は――

「ただ今戻りました……我が主」

フィーラは棺の蓋に手を掛けた。蓋は封がされておらず、ごとりと重々しい音を立てて床に落とされる。ロザは思わず棺を覗きこんだ。

そこには灰色の乙女が横たわっていた。

髪も肌も、くすんだ灰色。身に纏うローブは苔でまだら模様になっている。石像というには生々しい存在感があり、しかし生きているとは到底思えない。砕けて失われたのか、左腕は肘から先が欠損している。乙女は目を閉じたままで、棺の外のことなど知りもしないように見える。

「さぁ私の血を……」

驚くロザをよそにフィーラはネックレスのチャームを握りしめた。チャームの縁は刃となっているのか、そこから手を離した時、彼女の手のひらには傷がついていた。そのまま、したたり落ちる血を乙女の口元へと持っていく。そうして唇の微かな隙間から血が染みこむと、乙女の顔だけが生気を取り戻した。灰色の肌が色彩を取り戻す。しかし閉じられた両目が開かれることはなく、乙女は静止し続けている。

「この方こそが真なる『フィーラ・ヴェーダ』。私のたった一人の主……」

「こいつは――」

「このお方、だよ」

「……このお方は、どうなってるんだ？」

「血が足りなかったんだ。君にも、このことを知ってもらいたかった。どうか、彼女の手に触れてみてほしい」

ロザも棺の前に跪き、乙女の手に触れる。やはり灰色の肌は冷たく、脆かった。触れたところの一部が剥がれ落ちる、ロザはびくりと手を引っ込める。人間とは異なる形の死がそこに横たわっていた。

「吸血鬼は老いて、死に、朽ち果てる肉の身体を持たない。石の身体は乾き、固まり、崩れ去るんだ。いずれノクタミラのすべての吸血鬼が静止するだろう。記憶が欠落し、感情が削げ、何も分からなくなってね……」

これまで、ロザは血を吸えない吸血鬼は徐々に力を失うだけだと思っていた。長年血を吸っていなかったカレンは、出会った時から元気そうで、どこにも死の影がなかったから。だが吸血鬼も死を迎える。生きながらにして心を失っていくという形で。

「あいつらにはあたしの血がある」

真っ先に思い浮かんだのはカレンとトリルの顔。地上に出るという夢が果たされなければ、いずれ石に成り果てるのか。二人が棺の乙女のようになる想像を必死で頭の中から追い払う。

「君はかつての私のようだね。たしかにそうさ、でも私の血を吸っていたのに、あの人は死から逃れられなかった……私は弱っていくあの人を見守ることしかできなかったよ。ずっと、ずっと……謝られながら……やがてあの人は、自分が誰なのかさえ……」

もうフィーラはロザを見ていなかった。再び主だったものに血を注ぎながら、彼女はじっと色彩を取り戻した主の死に顔を眺めている。

「もういいっ！　なんのつもりだよ！　どうしてあたしにそんなことをっ！」

　死にゆく吸血鬼とそれを看取った眷属の記憶に耐えきれず、ロザは怒鳴った。不安が全身を毒する。カレンが度々眠りに就くのも、意識が維持できなくなりつつあるのが原因かもしれない。これまでのカレンの振る舞いすべてが喪失の予兆に思えて、胸が苦しくなる。カレンもトリルも、自分を失う恐怖に耐えていたのか。行き場のない煩悶を、ロザはフィーラにぶつける。主を眺めている彼女を掴んで引き起こす。その反応を予見したかのように、彼女は揺るがない。

「時間は有限だと、理解できたかい。カレンだっていつそうなるか分からないんだ」

　怯んだロザにフィーラは語りかける。

「私を拾ったときから、フィーラはずっと地上に帰ることを夢見ていた。仲間を募り、研究を重ねていたよ。カレンのこともよく調べていた。でも、結局……」

　大切な人の末期を思い出しているのか。フィーラは感情の削げた顔で、そっとロザの手をどかした。

「心を喪い、何も分からなくなる前にあの人は私に託したんだ。名前と、夢を。だからね、『フィーラ・ヴェーダ』は絶対に夢を叶える使命があるんだ」

　主のために元の名を捨てた女が、ロザを見据える。

「カレンが日の光を克服したのだとしたら、あと一歩のはずだ。君がカレンを恐れるのなら、吸血を介さずに血液を採る方法も用意するよ。ここまできて……あの子を見捨ててほしくないんだ。どうか私達の夢を成就させてほしい」

地上に帰還することがカレンとトリルだけの夢ではないのだと、改めて実感する。それは吸血鬼という種族の悲願だった。どれだけ諦めたふりをしても、誰もが依然として夢に縛られている。

あたしには関係ねえ──まとわりついてくる重みをロザは振り払った。

「そんなつもりはねえよ。ただあたしはあいつに落ちこんでほしくないだけだ。三人でさ、笑いながら綺麗なものを見に行きたいだけ……」

自分の望みを口に出して確認する。時間制限があるから、なんだというのか。焦る必要なんてどこにもない。

「三人で、か。それはきっと素敵だろうね」

フィーラは悲しげに笑う。かつては彼女も主とお互いの夢を語りあったのだろうか。

「カレンがずっと血を吸わないのなら、助けを借りるかもな。だけどそれはあいつのためだ。あんたらのためじゃない」

「分かっているさ……」

彼女は棺の側から動こうとせず、また主の顔を見つめていた。できるものなら、共に棺の中で眠りたいといわんばかりに。

「……もう一度、カレンと話してくる」

胸騒ぎが治まらず、ロザはフィーラに背を向けた。いつも通りの二人を一目見たい。叶うものなら抱きしめてあげたい。何も怖くなんてないと確かめたかった。

×××

息を切らして屋敷の扉を開けると、カレンもトリルもエントランスでロザを待っていた。

「ロザっ」

「待っていたのですよ！」

駆け寄る二人にロザは笑いかけた。

「よぉ、ただいま」

「もう貴女が戻ってこないんじゃないかって……怖くて……」

「そんなわけないだろ？」

「だって！　私は……」

吸血を怖がっているのはカレンも同じだった。

ロザは咄嗟に彼女を抱きしめる。血を吸わせるために包帯を解き、首筋を晒す。苦しむカレンを前にして躊躇なんて吹き飛んでしまった。そうだ、彼女のためなら何も怖くはない。恐ろしいのは、彼女を永遠に失うことだけだ。

カレンは遠慮がちにロザの首筋に口づけたが、牙を立てることなく彼女から離れ、苦しげに懇願した。

「あのね、私に罰を与えてほしいの」

「罰？」

「ロザがいない間にね、トリルといっぱい話したの。私は貴女を傷つけたのに、それでもまだ地上に帰りたいの。それを願ってしまうのがすごくいけないことに思えて……」

罰だなんて考えたこともない。けれど、そうしなければカレンはどうしても納得がいかないようだった。子どものころ、悪さしたときに母から受けたおしおきを思い返してみる。

メシ抜き——却下。これまでと同じ目に遭わせちゃ意味がない。

家から閉め出し——無理。あいつらと離れるなんて、あたしが耐えられない。

母からされたことは、あと一つ——

「私、どんな罰を受けたらいいのかしら……」

「罰を受けるならトリルもいっしょですよ、カレン様！」

そもそも、この二人に罰なんて与えられない。すっかり弱りきってロザは口を滑らせる。

「罰って言われてもな……尻叩きでもしろってのかよ……」

「お尻を叩くのね？　いいわっ」

ロザの呟きを聞いた途端、カレンは思い切りよく分厚いスカートをたくし上げた。そのままドロワーズの留め紐を解き、タイツごと下ろしてしまう。彼女は他に何も身につけていなくて、白い肌が露わになる。ドロワーズを脚から抜くこともせずにカレンは身をかがめ、ロザにお尻を突き出した。

「ロザ……おねがい……っ」

「おい、こんなところで……」

「どこでだっていっしょだわ。さぁ、ロザっ」

「カレン様っ！　それならトリルもっ」

「あ、あんたは何もしてないだろ？」

「カレン様が罰を受けてるのを黙って見てるなんてできないのです！」

止める暇もなくトリルもドロワーズを下ろす。もともとスカートの丈が短いものだから、身体を前に倒すだけで肉付きの薄いそこが丸見えになってしまう。

表情がうかがえずとも、二人の身体は震え、お尻は不安げに揺れている。いまにもくずおれてしまいそう。緊張しているのはロザも同じだった。可憐な少女達がお尻を並べて、打たれるのを待っている様はくらくらするほど淫靡だった。

「……っ」

罰するために平手を振り上げ、そのまま固まる。二人を打ち据えるなんて、どうしてもできない。かといってこれではカレン達も引っ込みがつかないだろう。やらなければ、前に進めない。

「ひゃっ！」

「あう……！」

結局、ロザは気の抜けた平手を一発ずつ、お見舞いするだけに留める。ぴしゃっといい音がして、張りのある尻肉が揺れた。

「はい！　終わり！　これでよし！」

「あれぐらいじゃ……」

ドロワーズをひっつかみ、元のように穿かせる。納得いってなさそうな態度は気にしない。あんな光景、目の毒だ。

「いいんだよ。それよりカレン、トリル、血が欲しいんじゃねえの？　あたしはもう、準備できてるぜ」

ロザはしゃがんで、二人と目線を合わせた。

「でも……」

まだ納得してない様子の二人にロザは力強く言い切った。

「もう罰だって受けただろ？　あたしは、あんた達のことを許してる。次はもっとうまくやればいいだけさ」

その言葉でカレンはゆっくりと頷いた。

「それなら……今日はロザが私達に触って？　貴女なら、ちょうどいい具合に加減できるでしょう？」

「ロザは教育係なんだから、ちゃんとトリル達にいいやり方を教えてほしいのです」

「分かったよ。だったらまずはちゃんとベッドに行かないとな」

手汗がばれないようにスカートで拭ってから、二人の手を引いて寝室へ。これからのことを思って身体が熱くなる。ベッドを見るとあの夜が思い出された。

今度こそ、間違えるものか。

皆でベッドに上がって、ロザは久しぶりに講義を始める。

「相手がワケ分かんなくなるぐらい気持ちよくさせるのもいいけどさ、そういうのって……大抵ヤりすぎちゃうんだよ。カレン、あの時あたしのこと、ちゃんと考えてたか？」

「ううん。ロザのお腹を押すときらきらがどんどんすごくなって……もっとすごくなってほしいって、それしか考えてなかったわ」

「相手を気遣うのが一番大事なんだ……あたしだって、いつもそんな風にできるわけじゃないけど……」

二人が勝手に脱ごうとするのを呼び止めて、ロザは相手を脱がせることから始める。一枚ずつ丁寧に取り去って、裸にする。厚着だったカレンが徐々に素肌を晒していくのに情欲が煽り立てられる。脱がされるごとにカレンは微笑む。焦って脱がそうとしている自分に気づき、ロザは深呼吸した。こっちだって暴走してしまいがちなのだから、これを機にしっかり自制できるようにならなくては。

「相手を見つめて、落ち着いて……」

自分自身にも言い聞かせ、カレンの身体のあちこちを撫でる。滑らかな頬や細い腰回りに触れていると、いつでも新鮮な喜びを感じる。一瞬、フィーラの主のことが頭をよぎった。この肌を砂のように崩れさせるわけにはいかない。今すぐにでも血を捧げたくなるけれど、まだ我慢する。

「ん……ちゅうっ」

「ふぁ、ロザ……んひっ、あぁ……」

何度かキスを落とすと、カレンもそれに応えてロザの唇を食む。軽いキスを交わすだけでも強い酒を飲み干したように身体が火照る。カレンは脇腹が弱くて、キスの合間に指を這わせると呼吸が僅かに乱れる。そのまま両手で彼女の慎ましい胸を押し上げると、子猫のようにカレンは鳴いた。すりすりと指の腹で軽く擦るだけで胸の先は固くなる。興奮したのか、彼女は自ら胸をロザの手に押しつけてきて、なだらかだけど確かに存在している柔肉に指が埋まった。前回の反省で、カレンは身体を触ってこないけれど、舌先だけはこちらの唇をノックしている。

「ん……っ、次はトリルの番」

「あぅ……そんなぁ」

しかしロザは続けたい気持ちを押し殺して、カレンとの口づけを終える。ロザに視線を向けられて、トリルは驚いたように身を引いた。さっきまで間近で二人のキスを観察していたのか、トリルは瞳を潤ませ、既にもじもじとしている。

「ト、トリルもですか」

「そりゃそうだろ。三人でするなら、一人だけ仲間はずれなんてのもナシだからな」

「はっ！　はい……」

トリルは薄着だから、脱がせるのもあっという間だった。着たままでもできるのではないかと思ったほどだ。最後の一枚まで剥いてしまうと、トリルはぎゅっと目を瞑って唇を突き出した。そんなトリルを見て、カレンは彼女の頬をつついた。

「あはっ！　トリルがキスする時の顔、いっつもヘンだわ」

「ちゅーするんだって思うと……なんだか緊張しちゃうのです」

「大丈夫だから……力抜いて」

ロザは優しい目つきでトリルを見つめた。口腔を舐り、舌を絡めるのはトリルにとって戸惑いが勝る行為のようで、カレンのように伸び伸びと楽しんでくれない。今回もそっと唇と唇を合わせただけでトリルはこちらにしがみつき、勢いよく顔を寄せてきた。おかげで歯がぶつかりそうになる。そんな彼女の頭を撫でてお互いのおでこや頬をくっつける。

「ん、ふぁ、んちゅ……」

　トリルとのキスは軽いものにするよう心がけている。まず時間を掛けて、キスに慣らしてあげる。次第にトリルの手から力が抜けてくるのが分かる。舌を入れるとまたびっくりさせてしまいそうだから、啄むようなキスだけにしておく。トリルの吐息を感じながらキスしていると、だしぬけにカレンが割りこんできた。

「カレン、さまぁ？」

「仲間はずれはナシなんでしょっ。私もロザとキスしたいわ」

「こら、わがままだぞ」

「いいのです。ロザっ、かわりばんこで……」

「ったく……ん、ちゅ、ふぅうっ」

　行為の最中でもトリルはカレンに忠実だった。彼女は横にずれて、カレンに場所を譲る。カレンはすぐさまそのスペースに収まり、トリルの頬にも口づけを落とした。お返しとばかりにトリルも相手に頬ずりして、笑い合う。

「ロザっ、ロザのくちびるすき……っ、ちゅ、ちゅっ、んふ……」

「と、トリルにも……お願いします……ぅ、んくっ、ちゅぱっ」

　じゃれ合う少女達に和んでいる暇は無かった。仲良く並んだ二人に求められて、ロザはどちらと唇を合わせているのか曖昧になっていく。口づけを交わしながら、また身体に触れると、カレンもトリルも素直にロザの手を受け入れた。三人は距離を縮めていって、小さな円陣を組むような格好になる。ひっきりなしに来られるから息継ぎもできず、ロザはキスで溺れそうだった。

「ちゅ、ちゅぅ……あたしの……身体も触って……はぁ、うぅん……っ」

求めると、これまで縋りつくばかりだった二人の手が貪欲に背中や胸を這ってくる。じれったい速度で、ロザのエプロンドレスも脱がされていく。胸元がずりおろされて、乳房がこぼれる。スカートが捲られて、太ももを撫でられる。そうしてロザの素肌が、二人に明け渡されていく。

「ふぁ、カレン……トリル……もっとぉ……」

触り方で、どちらがしているのか分かる。カレンはロザをくすぐったり撫でるのが好みで、いたずらっぽくロザを乱そうとしてくる。一方でトリルはロザの胸がお気に入りで、指を埋めたり揺らしたりして、その存在感を楽しんでいる。直に秘所を触らない、穏やかな快感だけでロザの秘所はシーツに染みができるほど涎を垂らしていた。

「はあっ……あそこ、むずむずするぅ……っ、ひあぁ、あぁあ……うんんっ」

「ああカレンっ、そんなの……」

カレンもまた秘所を疼かせていた。キスもそこそこに、彼女はロザの太ももも目がけて腰を落とす。すでにとろとろの秘所を擦りつけて、カレンは情けない声を上げる。肌を花弁が滑る感触だけで、ロザの蜜口もさらに粘ったものを吐き出した。

「ひぁぁあ……カレンさまぁ……すごい声です……」

「ほら、トリルも……」

トリルにも気持ちよくなってほしくて、ロザは彼女の秘所に手をのばした。トリルの幼裂も潤んでいて、ロザの指を歓迎した。蜜口には踏み入らず、陰唇で作られた筋をなぞるように指を何度も滑らせる。

「みゃぁあ……っ、だめっ、だめなのですっ！　あたまっ、ちかちかするぅ……っ！」

逃げようとする腰を追い、ロザはトリルを責めてたる。皮を被ったままの花芯を弾くと面白いほどに反応してくれる。もう加減ができないようでトリルの手がこちらの胸を押し潰してくる。痛いほどの刺激さえ、心地よかった。

「ああ……すっごくきらきらしてるぅう。わ、わたしもぉ……」

快楽に耽るロザとトリルに触発されたようにカレンも腰の動きを早める。ロザの太ももをどろどろにして、カレンもロザの身体で肉悦を貪っていた。

「あふっ、いく、いくぅう……ロザっ、トリル……！　っく！　いくっ、くふぅうううぅっ！」

「かれんさまぁ、とりるもっ、いっしょにぃい……ひう……あぁ、はぁあぁあ……っ」

「や……あふっ、ん、あぁぁっ……！」

両耳に二人の嬌声を流し込まれ、ロザの頭の中でも火花が散る。一度も触られていない蜜口が窄まり、何も考えられなくなってしまう。倒れかかってくる二人を受け止めて、ベッドに横たわる。ロザは満たされた気持ちのまま二人の枕になった。数日ぶりの絶頂の味が強烈だったのか、いつもならまだまだ元気な二人もぐったりとしたままロザに身を預けている。そんな二人に、ロザは呼びかける。まだこの夜を終えてはいけない理由がある。

「カレン、トリル。血を……」

「え、ええ」

促されても、カレンはすぐさまロザの身体に牙を突き立てようとしなかった。トリルも心配そうに主とロザの様子をうかがうばかり。あんなことがあったばかりでは、無理もないけれど。

そこで、ロザは普段と違う方法を思いついた。

「なあカレン、口を開けて牙を見せてくれよ」

カレンは言われたとおりに口を開いてくれた。

ロザは息を吸い込んだ。伸ばされた牙に右手を食いこませ、そのまま手を引く。

「っ！」

切り裂かれた手のひらから血が溢れ、ベッドにまだら模様を作った。手のひらを下にして、草木に水をやるように、血を指先から流れ落ちるようにする。

「これなら、吸い過ぎることはないだろ」

「いい、いいわ！　すっごく素敵……」

「ロザ……トリル達のために、考えてくれたのですね」

二人は身体を下へずらした。寝転がったままで血の滴る手のひらに顔を近づけ、啜る。

「ん、ん……ぢゅ、ぢゅるる……」

「はぅ、ぴちゃ、ちゅる」

カレンは血に酔う恐れからか、ロザの傷口を遠慮がちに舌でつついてくる。血の流れ出すところを主に譲って、トリルはロザの指をくわえ込んで血を味わっていた。

「あたしの血、おいしいか？　ふふ……」

「ええ。ありがとう、ロザ……ぴちゃ、れろっ」

「はっ、はひ……っ、たまらないのですぅ、ぢゅうぅ……」

傷口に舌が当たる度、痺れるような感覚に身体がぞくぞくする。戯れに指でトリルの舌を挟んでみると、彼女は返事代わりに指を弱い力で噛んでくれた。二人の眷属になった夜のことを思い出す。あの時は自分が二人の手から血を啜った。主従が逆転したかのような倒錯に、ロザはなんとも言えないときめきを感じた。

「なぁ二人とも、満足したらさ……今夜はこのまま三人で眠らないか？」

いつもならさらに睦み合うことも珍しくはない。ただ今夜は共にいられることをゆった

りと味わいたかった。

「そうしましょう！　不思議ね、ちょっとしか血を吸えてないのに……お腹いっぱいなの」

ちゃんと食事するのを止めて、カレンはロザに笑いかけた。トリルもロザの身体に頬ずりして、ひしと抱きしめる。

「それなら今夜は眠くなるまで、ロザを枕にしてやるのです」

言葉の通り、トリルはロザの胸に頭を乗せて満足げにしていた。ロザは彼女の口についた血を拭ってやった。

「甘えん坊め～」

「ふかふかでぽかぽかだから、ちょうどいいってだけですよ！」

「トリルの言う通りよ。貴女にくっついていると気持ちいいから大好き！」

皆で笑いながら、ロザは二人に体温が移るまで、ずっと寄り添っていた。

×××

カレンは一人、瞼を開けた。

隣ではロザとトリルが眠っている。二人が寝息を立て始めるまでずっと、カレンはまどろんでいるだけだった。起こさないようにベッドから降りる。部屋から出る前にカレンは二人のことをじっと見つめた。トリルはロザの胸を枕にして、そんな彼女をロザは優しく抱いている。黙って出ていくことに心が痛む。それでもカレンは二人に背を向け、一人で外に出た。

時間が惜しいから、空を飛んでいくことにした。強く念じれば瞬く間に黒翼が背中に生える。以前はこれほど早く羽を作り出せなかった。長年おぼろげだった記憶も今は克明に思い出せる。ロザの血の、おかげだ。

「ロザ……ありがとう……」

大好きな人の名を口にして、カレンは夜空を駆ける

二人には秘密で、どうしても知っておきたいことが彼女にはあった。

そしてカレンは図書館の前に降り立つ。すでに閉館していて、他者の気配はない。何度も訪れたところなのに、本の内容よりもトリルと声を潜めておしゃべりしたことや、フィーラと話し込むロザの後ろ姿ばかりを思い出す。

「今日は来客の多い日だね」

照明の絞られた図書館の受付には、やはりフィーラが座っていた。カレンとフィーラの他には誰もいない。書きかけの文書を脇にやって、彼女は向かいの席にカレンを座らせる。

「確かめたいことが、あるの」

「地上に帰る方法についてかな。カレンデュラ・アエスタス」

「言葉の先取りなんて、意地悪な人……」

「どうやら君は本当の名前のことも思い出したようだね。そうか……ついにこの時が……」

これまでカレンは自分の名前を忘れていた。血に渇き続けていれば、やがて名前さえ思い出せなくなる。カレンという名は、そこから先が思い出せなかったから名乗っていたにすぎない。だけど真の名前を取り戻した今もその欠けた名前を呼ばれると嬉しくなってしまう。

今の自分のままでいい——その答えを出したことに、カレンはうっすらと罪悪感を抱く。そんなの大間違いだと、誰かに責められている気分になる。

「言いにくいことだが、はっきりと伝えよう」

言葉を区切って、フィーラはカレンに現実を突きつけた。

「吸血鬼としての力を取り戻し、太陽を克服するためには……トリルの犠牲が必要になる」

心の準備はしていたはずなのに、カレンは胸が苦しくなる。トリルとの思い出が頭の中で激しくまたたく。

ベッドの上で地上のことを語り合うと、トリルはいつもカレンの話を楽しそうに聞いてくれた。内容なんてほとんど同じなのに、それでもトリルはにこにことカレンの話に相づちを打ってくれるのだ。

身支度がちょっぴり面倒な日は、ついついトリルにお願いしてしまう。慣れた手つきで仕上げた後は、とっても素敵ですってトリルは褒めてくれる。それだけで一日がとても幸せになる。

地上になど行けるわけがないと嘲られたら、トリルは猛然と相手に食らいつく。彼女が怒ってくれるだけでカレンは、心から救われた気持ちになれた。

語り尽くせないほどに、カレンはトリルに助けられてきた、愛されてきた。

——だから、私が望めばトリルは命だって喜んで捧げてくれるはず。

暗い期待を、心の奥で囁かれた気がした。

「どうすれば……」

カレンは手で顔を覆った。涙は流すまいと、耐える。泣いたってどちらかを選ばなくてはならないのは変わらない。

「君だけで決めなくてはいけないよ。どちらを選んだとしても私はその決断を……否定しない」

「ねえ、貴女はどう思うのかしら……？」

「すまないが答えられないよ。分かるだろう、カレン？　それは……逃げているだけだ。まだ私は、ロザにもトリルにもこのことを伝えていない。君の口から、二人に伝えるべきだよ」

ここまで飛んできたのは確信を得たかったからじゃない、きっと背中を押してほしかったから。自分では選べないから、誰かを代わりにしたかっただけ。

カレンが項垂れている間も、何時間も経ってからようやく帰るために腰を上げた時も、フィーラは何も言わなかった。カレンもまた、言葉を失っていた。頭の中は鉛が詰まったように重く、考えが纏まらない。空は明るくなりつつあるのに、街から色彩が抜け落ちたように感じた。

「……ただいま」

返事がないと分かっていても、カレンは寝室のドアを開けながら呟いた。出ていく時と変わらず二人は穏やかな寝息を立てていた。ロザの隣に潜りこんでから、カレンはさめざめと泣いた。

疲れ果てて眠りに落ちるまでずっと、トリルのことが浮かんでは消えていった。

×××

――夜も朝も、空の下はすべて私のものだった。

――どこまでも自由だった。何もかも奪えばよかった。誰も文句を言えなかった。

眠るとカレンは必ず夢を見る。ロザとトリルにこの夢を話したことはない。目覚めるとこの夢の記憶だけは曖昧になり、口に出したくもないような悪夢だったことだけしか思い出せなくなるから。

夢の中で数々の光景が彼女を通り過ぎていく。

──緑の野原、灰色の都市、白銀の雪山、杯に注がれた真っ赤な血。

──私を褒め称える詩、私を崇める少女達、私が奪い取ったあらゆるもの。

本当はそれが夢じゃないとカレンは知っている。頭によぎっているのは磨り減った記憶の断片。どれだけ血に渇こうと、手放すまいと握りしめていた意思。彼女は本を読むように、透明な壁の向こうからかつての光景を眺めている。ページの欠けた絵本のように前触れなく場面は切り替わっていく。

聞こえてくる声だけがいつも変わらない。

──夜と朝の王！　真に尊いお方！

──おお、偉大なるカレンデュラ！　我らがカレンデュラ様！

知らない自分を崇める声。こんな媚びへつらった賛美を、かつての自分は好んでいたのだろうか。

声も景色も突き刺さるほど鮮明で、カレンは目を閉じ、耳を塞ぐことができない。

そして最後の場面がやってくる。

──空から降り注ぐ眩い光。必死に飛んでいるせいで揺れる視界。光の届かない水の底。

そう、かつての楽園は、自分だけの王国は理不尽にも奪い取られたのだ。従者はみんな灰となってしまった。

だから目覚めた時はいつだって、何も覚えていないのにカレンは決意を新たにしている。

――一刻も早く、ここから出なくては。

――そして私のものだったすべてをニンゲンから奪い返せ。

かつて地上を我が物にした石の怪物、吸血鬼の女王たるカレンデュラ・アエスタスは、カレンの心の奥底で叫んでいる。

普段なら、もうじき目覚めが訪れる。


だけど、払暁の夢にはまだ続きがあった。


気がつくとカレンは薄暮の草原に立っていた。そこが『月』の上だと、すぐに気づく。この記憶は今でも忘れていない。

三百年前のあの日。いつものようにカレンは『月』に地上から流れてきたものを探しに行って、そして少女と出会った。それはカレンデュラではなく、カレンの思い出だった。すでにカレンデュラとしての記憶は失われてしまっていた。

「わあぁっ、綺麗な人！　ね、アナタってもしかしてお姫様？　ほんとに綺麗……可愛い……すごい……っ」

どの水辺から沈んできたのだろう、少女はずぶ濡れのままでカレンに熱視線を向けている。返事をしようとすると彼女は派手にくしゃみした。

「えへへへ……トリル、さっきまで湖で泳いでたから……っくちゅ！」

本当に泳いでいたのだろうか。少女は――トリルは質素なドレスを着込んだままで、足首に重りを付けられていた。身体は痩せ細っていて、顔色も悪い。このニンゲンは身体が弱いらしい。

そんなトリルが見ていられなくて、カレンは足首の重りを壊し、彼女を抱きしめた。繊細なドレスの袖を手ぬぐいがわりにして、身体を拭いてあげる。トリルは大人しくしていて、身体に触れられていても平気にしていた。

「わっ！　ありがとう！　ちょっと、あったかくなったかも……ごほっ」

カレンの胸元から顔をあげて、トリルは弱々しく微笑んだ。

その笑顔を見た瞬間、カレンの牙は疼きだす。トリルはとても美味しそうだった。吸血鬼は血を吸うに相応しい相手を一目で見つけ出す。彼女の血は、きっと素晴らしい味がする。しかし、カレンは自らの衝動を抑えこんでしまう。まだまだ、話していたかった。早く人間の血を吸って、力を蓄えなくてはいけないのに、カレンはその瞬間が訪れるのを引き延ばす。

「貴女、トリルというのね……。はじめまして、私はカレン……？　カレンよ！」

カレンは仄かな違和感を抱く。どういうわけか、自分の名前に自信が持てない。誰かに名前を呼ばれる時は何も感じないのに。口に出してみると、妙に引っかかる。久々に自己紹介をしたせいだろうか。ノクタミラには来客なんて滅多に来ないものだから。

「カレンみたいな女の子に会うのってはじめて！　お部屋に来る人、おとなばっかりだったんだぁ」

「ふふふ、私もこんなに小さいお客様は初めてだわ。ノクタミラにようこそ、トリル」

「ノクタミラ……？　ここってそういう名前なの？」

見知らぬ世界にいるというのに、トリルは平然としていた。カレンには見慣れた風景を彼女は嬉しそうに観察している。

「ええ。ここは地上より遠く隔たった、吸血鬼の街……」

「ふうん！　ここ、お部屋よりずっと広い！　歩いてみていい？」

「ええ、どうぞ」

カレンの許しを得て、トリルはゆっくりと『月』を歩き回る。その足取りはたどたどしく、彼女は何度もうずくまって休憩していた。それでも彼女は嬉しそうに今いる場所を感じ取ろうとしていた。

「わぁ……すごい……うふふふ」

小さいけれど楽しげな笑い声があたり一面に響き、カレンを和ませる。

トリルと接しているだけで、カレンの心には火が灯った。ノクタミラに見た目の近しい吸血鬼はいない。大人達はフィーラとそのお友達以外、誰も自分の話を聞いてくれなかった。しつこい、うるさい、無駄だ、そんなことばかり彼らは言う。

「ね、カレン！　トリルをアナタの騎士にしてくれない？」

そしてトリルは出し抜けにカレンの前にやってきて、跪いた。これまでの明るく華やいだ表情とは違う、真剣な眼差しにカレンは面食らう。ニンゲンのすることは予想がつかない。

「トリルはねぇ、きっとアナタの騎士になるためにここに来たと思うの！　ずっとお部屋でいい子にしてたから、湖の妖精さんが運んでくれたのかなぁ」

「騎士……？　ニンゲンの貴女が、私の？」

図書館で読んだだけの不確かな知識だが、騎士とは主のためにその身を捧げる眷属のような存在だったはず。

「うん、トリル、ずっとかっこいい騎士様になりたかったんだぁ。カレンみたいな綺麗で素敵なお姫様のためにいーっぱい頑張るの！　だめ……？」

お姫様という言葉に記憶が刺激される。

ずっと昔、地上にいた頃、そういう賛美を受けていた。そして自分を崇める人間達は皆、進んで首筋を差し出し、カレンの接吻を受けていた――ような、気がする。

トリルがお姫様と呼んでくれたことにカレンは表情をほころばせる。

「いいわっ！　貴女は私の騎士よ……トリル」

「えへへへ……やったぁ。これからよろしくね！　カレン！　あっ、今のウソ！　やりなおし！　んん……これから、よろしくおねがい……なのです？　カレン様！」

「どうして言い方を変えるの？」

「だってトリルはもうカレン様の騎士、なのです！　仕える主にはけーいをひょーさないといけないんだよ……じゃなくてっ、いけないのですよっ」

突然口調を変えた理由が分からず、カレンは笑う。この子はとても面白い。こんな気持ちになったのは初めてだった。

「ふふ……それならこの血を啜り、誓いを立てて？　トリル、貴女は私の騎士として、眷属として……私のために生きるのよ」

血を吸うよりも先に、こちらを済ませてしまおう――カレンは爪を伸ばし、手のひらを裂く。傷口から血が溢れ、手のひらからこぼれ落ちる。

「血を舐めるのですか……？　よく分からないけど、そうしてほしいなら！」

トリルは大胆にも手のひらに直接口を付けて、血を啜った。膝立ちになり、口元を真っ赤にしながら、一生懸命に飲み下していく。彼女の舌には温もりがあり、その身体に流れる血を強く意識させた。

彼女を見守りながらカレンは息を漏らす。トリルが愛おしくてたまらない。私の眷属、私の騎士、私のトリル。何度も頭の中で唱えて、その甘い響きに酔う。

その日、カレンはずっと、トリルに地上への夢を語った。

トリルと共に、地上へ帰る。

その夢が叶わないと知るのは出会いから間もなくのことだった。

×××

トリルとの出会いから数週間後、どうしても受け入れたくなかった予感は事実に変わっていた。

呆然としながらカレンはフィーラの私室から出て、図書館の階段を降りる。

——トリルの血では力を取り戻せない。

トリルの血を初めて吸ったときから、カレンは気づいていた。彼女の血はひどく薄い。これでは力を取り戻すのに到底足りない。きっとトリルの身体があまり強くないのが原因だ。街を歩くだけで彼女はすぐに疲れて、しゃがみこんでしまうほどだから。活きの良いニンゲンこそ、血を吸うにはふさわしい。同じような説明はさっきフィーラもしてくれた。

トリルが血を吸う相手として不適格なのは明白だった。渇ききった末に巡りついた恵みの泉は涸れかけていたのだ。

階下で待っていたトリルに声を掛け、共に図書館から出る。落ち着きないカレンを見て、トリルは心配そうに顔を覗きこんでくる。

「どうしたのですか、カレン様？　悲しいこと、あったのですか？」

「ううん、平気よ。貴女を見ていたらそんなもの無くなっちゃったもの」

道の真ん中で、カレンはトリルを抱きしめた。半分だけ、嘘だ。悲しみは無くなっていないけれど、トリルが側にいるだけで自分は癒やされている。

まだニンゲンである彼女の体温を感じながらカレンは目を閉じる。たとえその血がどれだけ薄くても、トリルはカレンにとってなくてはならない人だった。希望が奪われた苦しみも、トリルと共にいればきっと耐えられる。

だけど、いつか眷属のトリルは自分を置いてお姉さんになり、おばあさんになり、いなくなってしまう。いいや、トリルの身体ではあと何年生きていられるかも分からない。彼女との日々は、新しい喜びに溢れている。置いていかれるなんて耐えられない。

カレンは絶望に足を取られ、闇の底へ沈もうとしていた。

——ならば、トリルも不変の身体となればいい。

欲望のささやきに、カレンは頷いてしまった。

「ねえトリル……ずっと私の側にいてくれる？」

トリルを見つめ、問いかける。

己の執着でカレンはトリルに更なる血を注ごうと決めていた。失われていく力を分け与えるのは自らの終わりを早めるだけなのかもしれない。それでも構わなかった。

「もちろんなのです！　トリルはカレン様からずっと、ずうっと離れないのです！」

トリルの屈託のない笑みにカレンは泣き笑いを浮かべた。

## 第五章　願いのために

目覚めてからすぐ、ロザはカレンからお願いされていた。

大切な話があるから、トリルといっしょに食堂に来てほしい――話を聞いた時点で嫌な予感はしていた。だがカレンの話はロザの想像をはるかに超えるものだった。

「そりゃ一体……どういうことだよ！」

ロザはテーブルを叩いた。席から立って、向かいのカレンに詰め寄ろうとする。しかしその剣幕に怯えたトリルがじっと見つめてきて、ロザはため息をついてまた座り直す。

「トリルの血を吸い尽くして、私は力を完全に取り戻すの。この子の中にある私の血を返してもらわないと……私は、帰れない」

「吸いつくしたら、トリルはどうなるんだ」

「……」

返事がなかったことでロザは最悪の結末を察した。

「本気なのかよ」

「私は地上に帰りたいわ。絶対に、なんとしても」

「そりゃ知ってるさ！　だけどそのためにトリルを見捨てるのか？　トリルはずっと……

ずっとあんたといっしょにいたんだぞ。あんたのことを誰よりも慕っているんだぞ……！」

「私だってトリルと離れたくないわっ！　でも、ずっと今のままではいられないの。いつか私もトリルも心を亡くして石になってしまう……ロザ、眷属の貴女だっていつかは年老いて……」

ロザの心には嵐が吹き荒れていた。

――利用しつくして、切り捨てるのか。トリルが拒んだら、カレンはどうするつもりだろう。断るなんて考えもしてないのか。あいつにとって必要なのは思い通りになる相手だけなのか。

――そんなの、まるで、あの人みたいじゃないか。

「冗談じゃねえぞ！」

イリスの幻影をロザは振り払う。自らの都合で従者を使い捨てた女――あの忌まわしいできごとが生々しく浮かび上がってくる。しかし、ロザは今度こそ諦めたくなかった。もう二度と、誰かが裏切られるところを見たくない。夢を諦めてトリルを選ぶか、トリルを捨てて夢を叶えるか。その二つ以外の方法を見つけたかった。カレンだって夢とトリルとの間で揺れていると信じたい。どちらを選んでも、きっとカレンはその決断を悔やみ続けるだろう。第三の選択肢を見つけだすことがカレンとトリルのために必要なことのはず。

「待ってくれよ！　別に、今すぐ決めなきゃいけないわけじゃないんだろ？　他のやり方だって……もしかしたら……」

「待ってください」

ロザの言葉を遮り、トリルは口を開いた。

「カレン様、ロザ。トリルはもう決めたのです」

これまで黙ったまま俯いていたトリルが面を上げる。ロザもカレンも言葉を失い、白熱していた場が冬の夜のように静まりかえる。これまでの話し合いでトリルは一言も口にしていなかった。

「トリルは今すぐにでもカレン様に血をお返しするつもりです」

決然と言い放つトリルの姿は勇ましい騎士そのものだった。

「トリル！」

ロザとカレンの声が重なる。ロザはもちろん、カレンも苦しげに顔をしかめていた。だがトリルはあくまで凛としたまま、席から降りて、カレンの前で拝跪する。一方でカレンは泣きそうな顔でトリルを見下ろすのみだった。

「アナタから賜った尊い血をお返しするときが来たのです、カレン様」

トリルは短い髪をかき上げ、白い首筋を主に晒す。彼女は今すぐにでも血のやり取りを始めるつもりのようだった。

「そんなのダメだっ！　やめろトリル！」

トリルは場の空気に流されたのでも、主に盲従しているわけでもなかった。その振る舞いは静かな決意に満ちていた。だからこそロザは彼女を止めなくてはならなかった。いちいち回り込んでなんかいられない。テーブルの上に乗って、向こう側に飛び降りる。

「ロザ……ここまでこれたのもオマエのおかげです。本当に、ありがとうございました。感謝してやるのです」

ロザの剣幕を前にしてもトリルは小揺るぎもしなかった。ロザに向けて、トリルは晴れやかに微笑む。

それは別れの言葉だった。その覚悟に気圧され、ロザは一歩後ろへ退いてしまう。

「あたしの夢は三人で地上に帰ることなんだぜ。トリルがいなくなるなんて納得できるかよ……」

無理にでもカレンから引き離そうとロザはトリルの肩を掴んだ。だがその身体は決してロザの思い通りにはならなかった。

「控えるのです、ロザ。愛する主への献身こそが、トリルの誇り。それを汚すのなら、ロザであろうとトリルは絶対に許しません……！」

「そんな……トリル……」

ロザがどれほど名前を呼んでも、もはやトリルには届かなかった。トリルは自らの首筋に触れ、そっと主を促した。

「さぁ、カレン様」

じっとトリルを見つめていたカレンは、やがて席を立った。すでにカレンの顔からは迷いも悲しみも抜け落ちていたが、噛みしめた牙が唇から血を流させていた。

「二人きりになりたいわ……」

「なら、寝室に」

カレンの宣言は、ロザに口を差し挟む余地を与えなかった。永らく二人が積み重ねてきたものがロザを圧倒していた。ただスカートを握りしめ、嗚咽をこらえることしかできない。ロザを置いて二人は食堂から去っていく。

「海が見たいって、言ってたじゃねえか……」

どちらに向けた言葉なのか、ロザにも分からなかった。

カレンはすれ違いざまにロザに一瞥をくれた。その顔には消えたはずの迷いがあった。

トリルは一瞬だけ歩みを止めて、また早足でカレンに付き従う。

もうロザに二人を止めることはできなかった。

食堂に取り残されたロザは、ずっと二人が出ていった扉を眺めていた。

×××

寝室のベッドを見て、カレンはこれまでの記憶に思いを馳せる。多くの時間をここですごしてきた。ひとりぼっちだった頃の記憶は既に薄れ、思い出せるのは常に寄り添ってくれたトリルのことばかり。自分達を気に掛け、心から尽くしてくれるロザのことだって大好きだけれど、トリルには格別の思いがある。

カレンが希望を失わず、これまで心を保っていられたのは間違いなくトリルのおかげだ。

それなのに——

「カレン様……トリルの準備はできているのです」

トリルはベッドを背にして、両腕を広げていた。後は彼女を抱きしめ、首に牙を突き立てるだけで良かった。

初めてロザと口づけを交わし、太陽の下に立った日にカレンは気づいていた。夢を叶えるのなら、トリルの命を奪うことになるのだと。

すぐさまそれを口に出せなかったのは、トリルを失いたくなかったから。しかしそれでも、夢を捨てることもまたカレンは選べなかった。

地上に戻る——抱き続けた夢は今も呪いのようにカレンを急き立てている。ロザを失った時に、諦めたことを後悔しないと言い切れるだろうか。

いつか終わる安寧に逃げ込むか、消えない罪を背負ってでも夢を追うか、カレンにはどちらが正解なのか、もう分からなかった。

「どうか、夢を叶えてください」

決断を後押しするようにトリルはカレンに呼び掛ける。トリルは覚悟を決めてしまっている。もしカレンがノクタミラに残ることを選べばトリルは自分が主の夢を阻んでしまったことを永遠に悔いるだろう。もう、これまでの関係には戻れない。

「トリル……っ」

迷いを捨てきれないまま、カレンはトリルを抱きしめた。彼女の身体に力がこもるのを感じる。主が血を吸いやすいように、首が傾けられる。しかしカレンはそこに牙を立てることなく、トリルをベッドに押し倒し、跨がった。無抵抗な彼女をじっと見つめる。

「どう、したのですか?」

驚くトリルに、カレンは笑顔を作った。

「血を吸うのなら……準備が必要でしょう?」

トリルは恥ずかしそうに俯いたが、すぐにまたカレンに向き直った。

「はい……っ」

「たくさん気持ちよくなりましょうね」

それが避けられない別れの先送りだとしても、カレンはトリルのことを自分の体と心に刻み込んでおきたかった。今まではその行為の意味を理解できず、単に触り合うだけだった。けれど今はもう、カレンもトリルも手と指と舌がもたらす快さに目覚めている。ロザが丁寧に教えてくれたおかげだ。

じっと見つめ合ってから、カレンはゆっくりとトリルに顔を近づけた。

「大好きよ、トリル……んっ、ふぁ、ちゅっ」

「ぁふ……んん、カレン、さまぁ……」

相変わらずトリルはキスに不慣れで、ぎこちなくカレンに応じた。カレンが舌でトリルの可愛らしい唇をノックしても、トリルはきゅっと口を閉じてしまう。怖がらないで、と囁いても彼女から硬さが抜けない。もっと深い繋がりを欲して、カレンはトリルの側に横たわる。

「トリルからしてみて？」

そうお願いしてみると、トリルは勢いよく首を振った。

「だめですっ。トリルはヘタクソなのです……」

「いいの。私がお手伝いしてあげる。だから、ね？」

指先でトリルの唇に触れてから、カレンはその指を自分の唇にもっていく。指を介したキスに見とれていたトリルはやがて遠慮がちにカレンを抱き寄せた。

「あっ、ありがとうございます。それでは……んっ……」

トリルから口づけをするのはこれが初めてだった。

何度かキスしてから、カレンやロザのやり方を真似るようにトリルは舌を出す。トリルが大胆になってくれたのが、カレンは嬉しかった。

「ふふふ……はふ、ちゅうぅ……っ」

「ひゃうぅぅ……んくぅ」

カレンはトリルの舌を優しく食んだ。驚いて顔を引っ込める彼女を逃がさず、こちらから距離を詰めてキスを続ける。弱い力で舌を吸ったり、舌同士を合わせたりして、トリルを求める。互いの吐息が顔にかかり、だんだん頭が茹だってくる。

「ぢゅる、ぢゅうぅ……んぅぅっ」

「はぁぁっ、あ、はぁ……うふ、そうよ、トリル……」

慣れたのか、酔ったのか、トリルもカレンを貪り始めていた。カレンの舌から唾液を啜りとり、そのまま主の口腔へと舌を差し入れる。もちろんカレンもトリルと息を合わせ、唇同士を密着させたまま、お互いの唾液を混ぜ合わせる。吸血鬼同士だと、息苦しさなんて気にならない。ずっと濃厚なキスを続けていられた。

長い長いキスの間、カレンは服の上からトリルの身体のあちこちを撫でていた。一方でトリルはカレンを強く抱きしめて、キスだけに全精力を注いでいるようだった。気持ちが高まり、心を曇らす迷いもしばし薄れる。今この瞬間だけは、ひたすらにトリルと愛を確かめ合いたかった。

口づけを交わしてから、二人は顔を離す。粘っこい糸が二人の舌先を結んだ。普段は真っ白な頬にも薄く紅が差し、見つめ合う瞳は情欲に潤んでいる。カレンのお腹の奥は熱を帯び、ドロワーズをほんのりと湿らせていた。

「トリル……もっとよ！　もっと私に触って」

「はいっ」

上ずった声で返事して、トリルがカレンに手をのばす。彼女の震える指先がリボンもボタンも丁寧に解いていく。

脱がされている最中にカレンはトリルの腕を引き、自分の上に跨がらせる。お互いの身体なんてしょっちゅう見てきたのに、初々しいトリルの反応が愛おしい。ドロワーズとタイツを脱がせる時なんて彼女は目を瞑っていた。

そして、ドレスをベッドに散らばらせたままで、カレンは美しい肢体を晒す。すでになだらかな双丘の先は硬くなって、脚の間にある花弁はてらてらと濡れている。

「綺麗なのです……カレン様……」

「トリルの好きにしてね？」

「そう言われてもっ……あうぅ」

気圧されるトリルを導こうと、カレンは両手で自分の胸を持ち上げた。熟しきっていなくても、寄せ集めればロザのように谷間ができる。トリルの視線を感じた。

「お胸はどう？　ロザみたいに大っきくはないけれど……」

ロザと睦み合う時、トリルはいつもロザの胸に夢中だ。自分達とは比べものにならないサイズに心惹かれるのかもしれない。その気持ちはカレンにも分かる。あの胸は、すごい。

「ちっちゃくてもカレン様のおっぱいはすごいのです……っ」

「それじゃあ、ね？」

「ん……」

しばし迷うような素振りをみせたものの、トリルはカレンの胸に触れた。感触を確かめるように手のひらでじっくりと揉んで、カレンの表情を伺っている。

「痛くないですか？」

「ううん。トリルの手、気持ちいいわ」

トリルの手つきは優しく、じっくりと身体を昂らせてくる。しばらくまさぐられてから、乳を搾り出すように両胸を揉まれ、カレンは切ない声を漏らす。

「ん、んぅう……はぁ……ねえ……トリル……遠慮しないで……？」

「し、失礼しますっ」

もっとして、と目で促すとトリルは親指でカレンのつんと尖った乳首を押し潰した。くすぐるように指が円を描き、先端が弄ばれる。そんなことをされるとぴんぴんになってしまう。むずむずとした感覚にカレンは内ももを擦りあわせた。

「きゃふっ、ん、ふふふっ」

「ロザはこうすると喜んでくれるのです……カレン様はどうですか？」

「ええ、トリルって、とっても上手なのね」

「ありがとうございます……っ。それなら、これも……」

褒められたことで勇気をもらったのか、トリルはおもむろにカレンの胸元に顔を寄せ、片方の胸を優しく口に含んだ。

「ふあ、あぁあ……っ、ん、ひあぁあ……っ」

指とは違う生ぬるい口腔の感触にトリルは息を吐き、身を反らす。キスの時もそうだったけれど、トリルの舌は器用だと思う。舌だけで弾いたり、擦ったり、いろんなことをしてくれる。舌先で乳首を押しこまれてカレンは大きく喘いだ。さらには勢いよく吸い上げられて乳房が引っぱられる。強い刺激に突き上げられて、涙が出てくる。

「んちゅっ、ぢゅぷ、ぢゅうぅう……」

「やっ、ああ、あっ！　ちくびっ、とれちゃうぅ……っ！　はあぁあぁっ……」

ほとんど訳も分からないまま、頭の中がちかちかして、カレンは息を絞り出す。

「ちゅぽっ……カレン様、いっちゃったのですか……？」

気遣ってくれるトリルの手を取り、頬ずりする。大好きな人の手で昇りつめるのは、どうしてこんなに幸せなのだろう。トリルにも同じ気持ちを味わって欲しかった。

「ええ。とっても善かったわ……ね、私も貴女に……」

その身をせがむと、トリルは何度も頷いてくれた。

今度はカレンがトリルの服を脱がせていく。

「あんまり見ないでください、カレン様……」

かつては平気で素肌を晒していたトリルも、今では可愛らしく恥じらい、手で己の身体を隠そうとしている。裸になるのは恥ずかしいことで、そして気持ちよくなるための前準備でもあるのだと彼女は学んでいた。

「どうして？　とっても可愛いわ」

「でも……」

「私に見せて、トリル」

躊躇うトリルの手をどかして、カレンはその身体をまじまじと観察する。自分の身体よりも未発達で、すとんとした体型。彼女の身体もまた、情欲を溢れんばかりに湛えているのが嬉しい。二人いっしょに気持ちよくなっているのだと実感できる。

「トリルの身体は……カレン様みたいに綺麗じゃないし、ロザみたいにふかふかでもないのです」

そんなことを気にしていたなんて。自信なさげにしているトリルの胸元に、カレンは口づける。今のままでなんの不足もありはしない。彼女の身体を見ているといつも愛おしさで胸が震えてくる。

「私はトリルの身体、大好きよ。貴女は身も心も、本当に美しいわ……」

その言葉を証明したくて、カレンはトリルの身体に愛を伝える。これまで以上に気持ちをこめて、身体のあちこちに手を伸ばす。

「あぁ、ずっとこうしていたいぐらい」

「きゃふ、んんっ、か、カレンさまぁ」

肉付きの薄いお尻を掴み、敏感な脇腹をくすぐる。いつでもぴんと張った背すじをなで、艶やかな黒髪を梳く。カレンが何をしてもトリルは泣きそうな声を上げて身悶えた。

トリルの声を聞いていると両手だけでは足りなくて、カレンは彼女に密着する。お腹や胸も擦り合わせて、身体全部でトリルを感じたかった。

「とりるぅ、んちゅ、ちゅぅぅ……」

「ん、ちゅ、ぢゅる……っ」

どちらが先に動いたのか、二人はまた口づけを交わしはじめる。ベッドの上で縺れて絡まり、溶け合おうとする。お互いに身体を擦り付けているせいで、時折唇がずれて、鼻や顎までどろどろになってしまう。そんなお行儀の悪いキスが、カレンをますます燃え上がらせる。余すことなく、トリルが欲しい。

「ぷぁ……。んく、んぅ……」

惜しみながらも唇を離し、ロザとした時のように口腔に溜まったものを飲み込む。どろどろの口元を拭いもせずに、カレンは起き上がってトリルを見つめる。彼女は夢見心地でさっきまでのキスに浸っていた。これほど濃厚な口づけはロザもしたことがないに違いない。そう思うと、何だかいい気分だった。

「さぁ！　あそこも触りましょうか！　トリル、脚開いて……？」

そしてカレンはいよいよ秘所の疼きを晴らすことにした。

「あの……おまたを触るなら、先にトリルがカレン様のことを……」

言われたとおりトリルは自ら脚を抱え上げ、秘所を露わにした。いやらしい格好のまま、それでもトリルはカレンを優先しようとする。そんな彼女にカレンは悪戯っぽく笑いかけた。

あそこをくちゅくちゅしてほしいのは、きっとトリルも同じのはず。だから——

「どっちが先なんて、考えなくても大丈夫。二人でいっしょに気持ちよくなりましょうっ」

「ひゃ！　な、なにをするのですか？」

カレンは勢いよくトリルを組み敷いて、彼女の開いた両脚に身体を割りこませた。これから起こることが分からないようで、トリルは困惑したようにカレンを見上げていた。

「見ててね！」

カレンはトリルに負けないぐらい思い切り脚を開き、秘所を指で広げる。まだ触れられていないそこは、もうどろどろで、愛されることを狂おしいまでに欲している。

「ふふふ……これをしたらねぇ、ロザったらすっごい声を出したんだから」

思い浮かべるのは『月』でロザと愛しあった記憶だった。あの時とは違う方法をカレンはひらめいていた。

「そのままがばーっとしててね？　そう、そんな感じ……これ、きっとすごいわ……」

トリルの秘所めがけて、カレンは倒れこむように腰を落とした。

「ふぅう……っ、あ、あぁあっ！　ほらっ！　こうしたらぁ……っ」

「んく……、う、ううぅ！　かっ、カレン様っ、こんなのぉ……」

二輪の肉の花が真正面から擦り合わされる。強烈な快感に戸惑うトリルを目で楽しみながら、カレンは小刻みに腰を動かす。二人の肌はたっぷりと溢れ出ている蜜でよく滑り、それでいてお互いから離れようとしない。喘ぎ声に混じっていやらしい水音が聞こえてくる。何度か往復するだけで、カレンは頭が真っ白になった。

「はぁ、はぁぁあ……トリル、とりるとりるぅ……きもちいぃ？　わたしのあそこ、あなたのあそこをよくできてる？」

「は、はひっ！　んんぅ、ふぁあ……トリルはっ、いっぱいきもちよくてぇ、しあわせなのです……」

絶え間なく快感を流し込まれているトリルの表情は淫蕩に崩れていく。彼女の返事を聞くだけで、カレンは震え上がるほど昂ってしまう。

「あぁぁっ、あっ、あぁぁっ！　とりるぅ聞こえる？　きこえてる？　ぐちゅぐちゅって……あそことあそこが音を出してるわ」

すぐにでも飛びそうなカレンの意識を支えるのはトリルの存在だった。のし掛かっているから、全身でトリルを感じ取れる。その息遣いや微かに漂う汗の匂い、どんどん強まっていく血のきらめきまでつまびらかにカレンは味わう。自分だけではなく、大切な人にもよくなってほしい。その思いに突き動かされて、カレンはより深い悦びを求める。上体をさらに沈め、トリルの首筋に顔を埋める。そうして腰の動きに意識を集中する。

「ふわぁあっ！　あっ！　あぁあ！　あぐうぅぅ」

「んうぅう……っ、あうぅうっ！」

よりぴったりとくっついて、花芯と花芯をこりこりとおしあいへしあいさせる。効き目はばっちりで、トリルの喘ぎが一際大きくなったのが分かる。カレンもまた、恥じらいをかなぐり捨てて、この随喜に溺れる。ただ秘所からの刺激を貪っているだけではない。共に身体を重ねて、トリルのすべてを感じているのが幸せでたまらない。きっとトリルも同じように感じてくれている。二人で手を取り合い、同じ快楽の淵に沈みたい。

「かれ、ん……さま！　おっ、あぁっ、おねがいですっ。おかお、おかあを見せて……みたい……ふうぅ……」

「いいわっ！　わたしのいっちゃいそうなかお、みて、みてぇ……！」

このまま果てまで駆け抜けようとして、カレンは呼び止められる。夢中で身体を起こすと、正対するトリルは涙を流していた。そのまま彼女が頬や首筋に縋りついてくる。

「ああ！　あぁあ……！　カレン様！　だいすきです！　すき、すきすきっ！　カレンさまっ、カレンっ！」

熱情のままにトリルは繰り返し愛をぶちまける。その言葉を聞く度に、カレンの頭は痺れる。

「わたしもよ！　大好きよ、愛してるわ、私のトリル！　わたしだけのトリル……！」

何も飾らない、好きという感情が共鳴する。

「カレンさまぁっ、どうかトリルといっしょに……！」

「トリル！　ええ、いっしょよ！　私たちは、絶対にっ！」

もう、とっくに心は一つだった。秘所を合わせたままで、再びカレンとトリルはキスを交わす。そちらに気を取られて、秘所の動きは緩んでいたというのに、その口づけが最後の一押しになった。

「ん、んうぅっ！　あ、あっ！　あ、あああぁぁああ、ああ！」

「っく、いく、いぅう、んくぅううぅ……！」

ついに、二人は光に包まれる。

——私達は間違いなく一つになれた。

焼け付くような確信を胸に宿し、カレンはトリルに乗ったまま、絶頂が過ぎ去った後の凪に揺蕩う。トリルの身体には心地よい柔らかさとあたたかさがあった。吸血鬼の石の身体に宿るはずのないぬくもりは、きっと、それだけたくさんの愛をやりとりした証。

「あ……」

ふと顔を上げれば、またトリルと目が合った。彼女も自分の身体からぬくもりを感じているのだろうか。どうか、そうあってほしい。

「カレン様……ん、ちゅ、ちゅぅ」

「まぁ！　ふふ、んふ……ちゅる」

甘えるようにトリルはカレンを抱き寄せ、その唇を吸った。彼女から甘えてきたのが嬉しくて、カレンもキスに応じる。

そして、トリルはゆっくりとカレンから唇を離し、起き上がった。

「カレン様……おねがいします」

トリルは再び髪をかき上げて、自らの首筋を露わにした。

選択の時が訪れていた。ただ黙ってトリルを見つめると、彼女は恐れはないと言いたげに、微笑んだ。

「この身体のすべてはカレン様のものなのです」

「トリル……っ」

命を奪うか。夢を捨てるか。二つの選択肢に挟まれて、カレンは動けない。

「だけど、もし……お願いを聞いてくれるのなら、どうかトリルの血を残らずぜーんぶ、吸ってください。そうすればお別れしてからも、トリルはアナタの中でずっといっしょにいられるのです。ずっと、いっしょに……」

トリルの声が震える。彼女は精いっぱいの忠誠で溢れそうなものを押しとどめていた。

従者の心が決壊する前に、カレンは動いた。

無言で、カレンはトリルの首筋に顔を寄せる。

それだけで安堵するようにトリルは声を漏らした。

カレンは牙を剥き、肌にその先端を当てる。

そして——

「どうか許して……トリル。私には……できないの……」

カレンはトリルを押しのけた。苦しげに起き上がって、トリルから距離を取る。頭が鈍く痛み、涙が出てくる。顔を乱暴に腕で拭う。自分に涙を流す資格は無い。

「ああ、カレン様！」

献身が拒まれたことを悟り、トリルがこちらに近づいてくる。カレンはさらに彼女から離れた。ベッドの両端に二人はいた。トリルのことが、ひどく遠くに感じられた。

「大丈夫、大丈夫なのですっ」

しかしトリルは息を吸いこみ、膝立ちでカレンのそばまでやってくる。

「お願い、時間をちょうだい……」

カレンは何度もそう懇願していた。

「わかりました。トリルはカレン様の望みのままに……」

やがてロザが様子を見に来ても、トリルはずっとカレンに寄り添ってくれていた。

×××

カレンがうなされている。ぜえぜえと息をして、表情を歪ませ、苦痛に耐えている。そんな彼女にロザは何もしてやれない。

ロザはベッドの横でカレンの手を握っていた。寝室にいるのは二人だけではない。ロザの隣にはトリルがいて、フィーラも反対側でカレンの容態を診ている。

「私は、怪物なの……」

シーツを握りしめ、カレンは呻いた。ロザは黙ったまま、ただ続きを待つ。

「ロザを吸い殺しかけて、トリルまで同じ目に遭わせたわ。自分の、ためだけに」

「だけどあたしもトリルも生きてる。あんたが、踏みとどまったからだ。トリルなんて一滴の血も吸われちゃいない」

「そうですよっ。トリルは今も元気いっぱいです！　カレン様のことだって、大好きなままなのです！」

二人の言葉にカレンは痛々しい笑顔を浮かべた。しかしそれもすぐに消え、カレンはうめき声を上げる。

「ううん……違うの」

トリルの献身を拒んだ夜から、カレンは臥せるようになっていた。気分が晴れず、頭痛がするのだという。信じられないことに熱まで出している。

カレンの看病で、ロザは母のことを思い出した。まともな医者にかかれず、彼女は生きながら腐っていった。最も忌まわしかったのは、社会への恨みと苦痛の呻きを垂れ流しながら、徐々に死体となっていく母を間近で観察させられたこと。母の終末があまりに恐ろしく、さっさと死んでくれとさえ、かつてのロザは願っていた。

カレンもまた最期が近づいているのだろうか。石となったフィーラの主のように。

ロザはカレンに顔を近づける。まだその白い肌は石となっていない。そのはずだ。

「後悔しているのに……それでも私はまだ、頭のどこかで、貴女達の命を奪うべきだと考えてしまっているの。私の心はとっくに石のように冷たい怪物になっているんだわ……」

カレンのもう片方の手が、ロザの手に重ねられる。ロザと手を繋ぐためではなく、彼女の手を引き剥がすために。

「こんなことになったのも、きっと私の中の怪物が暴れているからだわ。そうでしょう……フィーラ」

水を向けられて、フィーラは静かに首を振った。

「自分自身を追い詰めるのはやめるんだ。君の病は、必ずや私が治してみせよう。だから今はゆっくりと休みなさい」

フィーラの言葉を受け入れたのか、苦しむ体力も尽きたのか、カレンは目を閉じた。荒い呼吸はそのままだったが、表情もいくらかやわらいでいる。

「トリル、このまま彼女を見守っていてほしい。私は外でロザと話したいことがあるんだ」

トリルは不安げな顔で頷き、一度はカレンの方を向いたものの、すぐにまたロザ達を見つめた。

「手短にな」

「勿論だとも。手間をかけてすまないね」

フィーラの話に不吉なものを感じながらも、ロザは席から立った。

「話ってカレンのことだろ？　あいつ、どうなっているんだ？」

廊下に出てすぐ、ロザは疑問をぶつける。フィーラは難しい顔で首を振った。

「単なる病気ではなく……心の問題だろう。精神的にかなり追い詰められているのが原因だろう」

「あのまま石になっちまうのか……」

聞きたくなくても、はっきりさせておきたかった。看病している間、何度も石の乙女のことが思い浮かんだ。汗ばんだ身体を拭く時はいつも、その肌に変化の兆しがないか隅々まで確かめている。

「心配しないで。あれは急激に進行するものではないよ。彼女には最善を尽している。私だって……もう吸血鬼の最期を見たくないんだ」

「……頼む」

ロザは唇を噛む。ここに至るまで、自分にできることはすべてやった。声を掛け、手を握り、血を与えた。それでもカレンがベットから起き上がることはなかった。カレンの心を引き裂く懊悩が消えない限りは、ずっとこのままなのだろう。ロザには、三人で地上へと至る方法が何も思いつかなかった。自分の無知、無学がこれほどまでに悔しかったことはない。きっとトリルも同じ無力感に苛まれている。日に日に憔悴する彼女のことは見ていられなかった。

「それでね、君達には気晴らしが必要だと考えているんだ」

「できるわけねえだろ……カレンを放っておけるかよ」

「言いたいことは分かるさ。だけど、休まずカレンの看病していては君達も参ってしまうよ。君達の顔色、とても悪いのに気づいているかい？」

ロザはため息をついた。無理をしている自覚はある。自分もトリルも心身共に追いこまれている。フィーラが心配するほどに。

「……あんたを信じるよ、フィーラ」

すぐさま頭の中を切り替えられるほど単純にはなれない。ただ、これまでフィーラの言うことは正しかったし、どこかで張り詰めた気持ちを緩めておきたかった。ロザの返事を聞いて、フィーラは安心したように微笑む。彼女もまた、相当神経を使っているのは知っている。

「しばらく休むといい。カレンのことは、任せておいてくれたまえよ」

「ああ……」

カレンを心配する一方で、トリルをどう誘うかロザは考え始めていた。休息はもちろんだが、トリルと二人きりになれるのはちょうど良い機会かもしれない。カレンを救うためにも、彼女から聞いておきたいことがロザにはあった。

×××

「カレン様を置いて、いったいなんのつもりなのですか！」

「頼む。どうしてもあんたと話したいんだ」

憤るトリルにロザは真剣に頼み込んだ。

「……なら、さっさとするのです！」

トリルはがたがたと椅子を揺らし、ロザに迫る。もたもたしていると勝手に帰ってしまいそう。ここに来るまでの間も、ロザは引き返そうとするトリルをなだめてばかりだった。

「こんなところに来ても……カレン様がいなきゃ……」

カレンと遊んだことを思い出したのか、トリルは一瞬だけ目を細めた。

二人は菜園を訪れていた。そこにはすでに先客がいて、フィーラの助手が作物に水をやっている。親切なことに目で訴えかけると、素直に距離を置いてくれたけれど。

「トリル……本当にいいのか」

トリルは一瞬だけたじろいだものの、すぐにロザを睨み付けた。

「なんのことですか！　わけのわかんないことを――」

「本気で！　カレンのために死ぬつもりなのかって聞いてるんだ！」

平常心を保とうしても、できなかった。ロザの絞り出した声に、トリルは一瞬だけ言葉を詰まらせた。

「……オマエもしつこいですね！　トリルはもう決めているのです。カレン様の望みを叶えるためなら、惜しむものはなにもありません」

――もう、決めているのです。

言葉の最後にもう一度、トリルはその言葉を繰り返した。

「だけどカレンだって……あんたといっしょがいいはずだろ！　だから、あの時もあんたの血を吸えなかったんじゃないのかよ」

トリルは返事をしなかった。

「三人で地上を旅したいって言ってただろ？　あんただって本当は——」

「もう、やめてよっ！」

トリルの叫びは騎士としての言葉遣いを捨て去っていた。

「カレン様は騎士になるっていうトリルの夢を叶えてくれました。だからトリルは、カレン様の夢のためならどんなことでもするって決めていたのです。何年間も、ずっと」

トリルはいない者として扱われ、そのまま消える運命にあった。カレンはそんなトリルを見つけ、その存在に意味を与えた。ロザには理解しきれないほど長い時間、トリルはカレンに忠誠を誓ってきた。

「だけどロザが来てから、トリルとカレン様の毎日は全然違うものになりました。料理、遊び……大好きって気持ちの伝え方をロザが教えてくれたからです。ロザ……オマエのせいで、トリルも変わっちゃったのです。トリルが死んじゃえばうまくいくのに、それでも、みんなといっしょにいたいだなんて……」

テーブルに涙が落ちる。トリルが自ら消してしまおうとしていた思いを、今度はロザが見つけ出していた。

「トリルにはもう、どうしたらいいのか……」

彼女の想いを聞いて、ロザは静かに頷いた。こうしてトリルを引き留めたのはわがままでしかない。それでも、ロザは願う。

「カレンが元気になったら、誰も欠けたりしない方法を三人で考えよう。あたし達ならきっと見つかるって」

「本当に……本当にそんなこと、できると思うのですか」

「できるさ！」

その瞬間、ロザはあらゆる不安を振り払っていた。トリルも何かに耐えるように、彼女を見据える。

「それならトリルはフィーラにもこのことを話してみます。もたもたしていられないのです！」

トリルは席から立って翼を広げた。もう彼女は泣いてなんかいなかった。確かに、この選択はフィーラにも伝えなくてはならないものだ。果たして彼女は何を言うのだろう。反対されたとしても、説き伏せるしかないけれど。

「そうしてくれ。あたしもすぐにいくよ」

「ロザっ！　オマエも急ぐのですよ！」

放たれた矢のように、トリルは屋敷に向けて飛び去っていった。菜園の門に目を向けると、フィーラの助手と目が合った。彼女は遠慮がちに会釈して、近づいてくる。

「すみません……立ち聞きしちゃいけないって分かってたんですけど、カレンさんに何かあったんですか？」

「ああ、ちょっとな……。フィーラから聞いてなかったのか？」

「いいえ……このところ、お屋敷に通っているのは知ってましたけど」

助手にも情報を伝えていないことに、ロザは首を傾げた。カレンが臥せった時、図書館からやってきたのはフィーラだけだった。それ以来ずっと彼女は一人でカレンを診ている。何か考えがあるとは思っていたけれど、どういうことだろう。

「差し出がましいんですけど、ロザさんに話しておきたいことがあるんです」

「なんだ？」

「さっきトリルちゃんとしていた話、外ではしないほうがいいと思います」

「どういうことだ？」

突然の忠告に、ロザは警戒心を強める。

「住民から反発があるかも、しれません。私もフィーラさんと研究してましたから、太陽を克服するにはどうすればいいのか分かってるつもりです。ですが、あなた達が敢えて別の方法を探そうとしているって他の吸血鬼達に知られたら……無理矢理にでも今の方法を押し通させようとするかも」

確かに、地上に戻るのは、カレンとトリルだけではなくこの街全体の夢だ。すぐにでも地上に戻る手段があるのに、それを選ばないことが理解できない者もいるだろう。トリルに嫌味を言っていた吸血鬼をロザは思い浮かべた。二人は街で軽んじられている。意に沿わない行動を力尽くで止めさせようとする者がいても、おかしくはないのか――

「あいつらには指一本触れさせねえよ」

ロザは声を低くした。フィーラが一人でカレンを診ているのも、なるべくこのことが広まらないようにするためなのかもしれない。

「あんたもそうなのか」

「私には、よく分かりません。長いこと血を吸っていないせいでしょうね。記憶が曖昧なんです……戻りたいって気持ちもずっと昔はあったのかもしれませんけど」

「そうかよ……疑って悪かったな、ええと……」

彼女は重い境遇をこともなげに語った。彼女はカレンとトリルの未来の姿でもあるのだと思うと、お腹のあたりが重くなってくる。

「助手と呼んでください。名前も忘れちゃったんです。私の名前を知ってた仲間も、今はもう……」

「そうなのか……」

ロザを見て、『助手』は慌てたように首を振った。

「やだなぁ、そんな顔にしないでくださいよ。私は今の暮らしもそれなりに気に入ってるんです。フィーラさんの手伝いをしつつ、草花を育てて……今度菜園を広くするんです。ノクタミラの土地を拓くのは大変なんですけど、時間はありますからね」

彼女の笑顔は柔和で、ロザも自然と口元を緩ませた。陰鬱なこの街で、彼女は自分だけの楽しみを見つけ出しているようだった。

「とにかく、気をつけてください。したいようにするのが一番ですよ、ええ」

彼女と話していく内に、ロザは心にのし掛かっていたものが軽くなっていくのを感じた。これまでロザにはカレン、トリル、フィーラの三人しか気の許せる相手がいなかった。カレンを見下している者ばかりだという話を聞いて、周囲を敵視していたけれど、案外話せる相手はもっといるのかもしれない。ロザは考えを改めることにした。

「私がこの話をしていたことも秘密ですからね？　私も吸血鬼のくせにニンゲンじみてるって、よく思われてないんですよ……」

「人間じみた、吸血鬼……」

ロザはその言葉に引っかかりを覚えた。

かつてカレンは人間のトリルに自らの血を与え、彼女を吸血鬼に変えた。

ならば、その逆はできないのだろうか。

トリルだって元々は太陽の光が平気だったはずだし、自分も眷属となった今も太陽の光を浴びることができる。当たり前のことだけれど、人間は吸血鬼と違って、すでに太陽の下で生きている。

吸血鬼から人間になる方法があれば、それは太陽を克服したと言えないだろうか。

「ありがとな。あたしも……そろそろ行くよ！」

「ええ。お元気で」

単なる思いつきでしかない。それでもロザは手応えを感じた。か細い可能性であっても、片っ端から当たってみるべきだろう。飛び去ったトリルを追おうと、菜園から出ようとしたロザは立ち止まった。トリルがこちらに戻ってきている。その表情には恐怖がありありと浮かんでいた。トリルの話を聞く前から、ロザは凶報におののき、鼓動を乱す。地面に突き刺さるように降り立った彼女に、ロザも駆け寄った。

「おいどうした！」

「ロザっ！　カレン様が……！　カレン様が大変なのです！」

×××

気がつくとカレンは『月』の上にいた。自らが夢の中にいるのだと、カレンは直感する。

頭がこなごなになりそうな頭痛も、身体を内側から焼き尽くすような熱も消えている。足首に触れる草や頬を撫でる風も鮮明に感じられる。目の前の光柱がひどく眩しい。周囲は静かで自分以外だれもいないようだ。

「ねえっ！　トリル！　ロザ！」

胸騒ぎがして、カレンは目覚めようと大声を出す。しかし意識は夢から浮上することなく、彼女はその場に取り残されたままだった。

もしかするともう、自分は石になってしまったのか——長年考えるのを避けてきた死を意識して、カレンは震え上がる。たとえ再び頭痛や発熱に苦しめられようと、戻りたい。その一心で、カレンはうずくまり、悪夢の終わりを祈る。トリルと手を繋ぎたい、ロザに抱きしめられたい。あの二人がいないとだめなのに。

「情けないわねぇ」

だしぬけに声を掛けられて、カレンは顔を上げた。光柱の中に、自分自身がいた。彼女は太陽の光を浴びていても平然としたまま、カレンを見下ろしている。

「泣きそうじゃない……。このカレンデュラ・アエスタスともあろうものが、見ていられないわ」

カレンデュラはカレンへの蔑みを隠そうともせず、大袈裟にため息を吐いた。

「あなたは……私なのね」

「当たり前のことをわざわざ確認するのぉ？」

呆然とするカレンに、カレンデュラは酷薄に笑いかけた。

彼女の見た目はカレンよりずっと大人だった。長く伸ばされた金の髪は同じだが、彼女はカレンよりずっと背が高く、その目つきは険しい。真紅のドレスもカレンのそれより豪奢で、金の指輪やネックレスで着飾っている。同じ顔つきの、大人と子ども。まるで年の離れた姉妹のようだ。

自分とは明らかに違う外見であっても、カレンは彼女が自分自身だと確信できた。ノクタミラに閉じ込められる前の自分はこんなにも厭な顔をしていたなんて。ロザの血で力を取り戻すにつれて、過去の記憶は鮮明になり、これまで忘れていたことも思い出した。過去の自分が何を考え、何を望んでいたのかも。地上の支配者、不死の怪物としてのカレンデュラ・アエスタス――まさか昔は大人の姿だったなんて思い出せていなかったけれど。

「あのニンゲンから血を貢がれて、思い出してきたでしょう？　地上に帰り、すべてを奪い返すのよ」

彼女の宣言にカレンは首を振った。支配や収奪にはもはや嫌悪感しか抱けない。それは大切な人を傷つけることしかできない。

「いいえ……私は地上を旅して、美しいものをみることができればそれでいいの」

「ああ……ま、暇な時にはそういうのもいいかもね。どっちにしても、こんなモグラの巣に用はないでしょ。ニンゲンの女から残らず血をいただいて、騎士モドキに貸した血を返してもらわないと！」

彼女は牙を剥きだしにした。いともあっさりと彼女はロザとトリルの命を奪おうと決めていた。カレンは立ち上がって、彼女に詰め寄る。光柱の中にいるせいで、掴みかかれないのが悔しい。

「そんなこと……させない！」

「気にすることはないでしょ、私《カレン》。地上に帰れば血の合うニンゲンなんて山ほどいるし、私のために死んでくれる子だっていくらでもつくれるわ。所詮、替えのきく餌と道具じゃない」

「トリルとロザに代わりなんていないわ！」

カレンは叫ぶ。一瞬、頭痛や熱が戻ってきたように感じた。こうして激しい怒りに身を焦がすのは何年ぶりだろう。

カレンの激情を受けても彼女はせせら笑うだけだった。

「あはッ！　私が口に出さずとも分かってるでしょ。これは、貴女が考えていることよ。貴女は、できるわ。目的のためにニンゲンを犠牲にするなんてどうってことないものね？」

二人の命を奪うべきだったかもしれない——暗い後悔は未だ心の片隅で燻っている。たじろぐカレンに、彼女は容赦なくたたみかける。

「夢も、力も、名前すらも忘れた哀れな吸血鬼……もう大丈夫よ。本当の夢を叶えるために、あとは私に任せておきなさい。お気に入りの子だって、また見つければいいでしょ」

彼女は表情を和らげて、カレンを諭す。

カレンはただ黙っていた。その通りだった。地上への憧れだけを残して、つい最近まで本来の夢は忘れていた。どんな犠牲を払ってでも夢を叶える。かつてはその覚悟があったのだろう。トリルと出会うまでに意思は朽ち果て、ロザと出会う頃にはさらに多くのものが失われていた。

「あの二人との記憶なんて、うたかたの夢みたいなものよ……目覚めればすぐ、消えてなくなるのよ」

「……っ！」

不意に手を引かれる。力の差は歴然としていて、カレンは光の中に引きこまれる。ロザの血の効果もなく、カレンの肌は容赦なく焼け焦げ、灰となっていく。崩壊するカレンの額にキスをして、彼女は囁く。

「消えて無くなるのは貴女も同じ。夢を見るのはもうおしまい。元の私《カレンデュラ》に戻りましょう？」

身体が焼けていくことに恐怖はなかった。それよりずっと、恐れるべきことがある。このまま消え去れば、目覚めたときには違う自分となっているだろう。トリルとロザの命を奪ってでも夢を叶えようとする自分に逆戻りしてしまう。

「トリル……ロザ……！」

崩れゆく手を祈るように組み、カレンは二人のことを強く想う。トリルの一途な献身もロザのあたたかな庇護も、かつての自分は得られなかった。周囲全てが餌と道具でしかなかったかつての自分はずっと孤独だった。それに気づきもしなかった。

――おい……！　……ン！　……レン！　しっかりしろよカレン！　目を覚ませよっ！

――……さまっ！　カ……様、カレン様っ！　トリルをひとりにしないでください……！

遠くからカレンを呼ぶ声が聞こえた。

その声を、その想いを、カレンは失いたくなかった。

「戻らないわ！」

カレンの言葉と共に身を焼く炎が消し止められる。

渾身の力でカレンデュラを押しのけ、カレンは言い放つ。

「……戻らないし、戻れないの。だってね、すでに私は貴女とは違うんだもの。トリルとロザに出会って、私《カレンデュラ》は私《カレン》になったのよ。一人で地上に帰るなんて、絶対にいや！　誰も犠牲にせず、私は帰るの。大好きな二人と夢を叶えるの……」

光の下に立ったまま、カレンはじっと彼女を見つめていた。カレンから燃え移ったように、カレンデュラの身体に火が灯っていた。自らの身体が焼失していっても、カレンデュラは悲しげにカレンを見つめ返すだけだった。

「ニンゲンごときに情を移したの……確かに貴女は変わってしまったのね……」

その火が燃え広がる速度は、カレンよりずっと速かった。片脚が灰となり、彼女は膝をついた。互いに無言で視線をぶつけ合わせる。そうしている間にも彼女は消えていった。彼女は誰の名前も呼ばなかった。彼女は誰かを想うことはなく、そして誰にも想われることもない。

腰から下が灰となり、壊れた人形のように彼女は地面に倒れた。その弾みで胸元や左目も砕けるが、それでも彼女はじっとカレンを見つめていた。

「貴女、後悔……するわよ」

きっと、それは最後まで残った自分の迷い。

カレンは決意をこめて、今にも消えそうな彼女に返事する。

「心配しないで、私。地上にはきっと帰ってみせるから」

「哀れな子。せいぜいこの穴蔵で……ニンゲンと末永くお幸せにね」

喉も口も散り散りとなっているせいで、カレンを呪う声は歪み、掠れていた。

小さな一欠片まで灰となったのを見届けてから、カレンは遺灰を両手で掬い上げた。灰はさらさらと手から落ちて、手のひらを白くするだけだった。風もないのに、残った灰の山もあっという間に散っていく。貴女とひとつにはならないと言われた気がした。

頭痛と熱がぶり返してきて、カレンはうずくまった。思考が纏まらなくなるほどの痛みに、頭を地面に擦りつける。次第に世界が焦点を結ばなくなり、何も分からなくなる。

ひどい気分だったけれど、心細くはなかった。

この悪夢から目覚めればきっと二人が側にいてくれているから。

×××

カレンが目を覚ました。

ロザは言葉もなく、ぼんやりとあたりを見渡すカレンを見つめる。涙が頬を濡らしても、ロザはそれを拭うことさえしなかった。さっきまでいくら呼び掛けてもぴくりともしなかったのに、奇跡が起きたとしか思えない。

「カレン……」

ロザが寝室に駆けこんだとき、カレンはうわごとを口走ることもなく、真っ赤な顔で忙しく息をするだけだった。急に容態が悪くなったというフィーラの説明を聞きながら、ロザはその場に崩れ落ちたくなるのを懸命に耐えていた。自分が折れてしまったら、トリルを支えられなくなるからだ。それから三日三晩、ロザは泣きじゃくるトリルとカレンを見守っていた。

「カレンさまっ！」

トリルがカレンに抱きついた。そのままベッドに上がり、トリルはカレンに縋りつく。

「カレン様っ、かれんさまぁ……うぅう……」

「おはよう……私を呼んでくれて、ありがとね……トリル」

そんな彼女の頭に頬ずりしつつ、カレンは自分の手のひらをじっと見つめていた。

「なんだ？」

まさか石化の兆しでもあるのかと、ロザもそこを覗きこむ。しかしカレンの手のひらは綺麗なもので変わったところは何もなかった。

「ううん、何でもないの……」

それでもカレンはしばらく手のひらを眺めていた。

「もう、目を覚まさないかと思ったんだぞ。心配させやがって……っ」

熱のせいで身体の感覚がおかしくなったのだろうか、その不安を振り払いたくてロザもカレンを抱きしめる。先ほどまでの火傷しそうな体温はすっかり落ち着いていて、呼吸も穏やかだ。ロザは何度も彼女の身体に触れ、確かめる。

「なんとか落ち着いたようだね。おかしいところはあるかい？」

「どうだ、カレン？」

フィーラの呼びかけで、ロザは気恥ずかしさからカレンを離した。

「平気よ。まだ熱はあるけど頭痛は引いたみたい。貴女が助けてくれたのね……」

「私は何もしていないさ。ロザとトリルがいたから君は帰ってこられたんだよ」

「いいや、あんたのおかげだよ。あんたが落ち着いてなきゃ……あたし達はどうすればいいか分かんなかった」

ロザは深々とフィーラに頭を下げた。彼女はつきっきりでカレンのことを診ていてくれた。ロザ達がカレンに呼び掛けている間も、彼女は繰り返し冷たい水でカレンの身体を冷やしてくれた。フィーラにはいくら感謝しても足りない。

「まだ経過を観察しなくてはいけないけど……ひとまず峠は越えたようだね。すまないが、ちょっとだけ休ませてもらうよ。こんなに疲れたのは何十年ぶりかな……ふふ……」

フィーラは大きく伸びをして、椅子に身を預ける。彼女もまた、不眠不休で看病していた。その上ロザとトリルにも気を配っていたのだから、その疲労は計り知れない。

「他の部屋に空いてるベッドが……」

「まだ気は抜けないよ。カレンに何かあったら、すぐに……起こしてほしいな」

喋りながらフィーラは舟をこぎ始めていた。

「ねえ二人とも」

カレンに呼ばれて、ロザとトリルはすぐさまカレンに顔を寄せた。二人に気遣われながら、カレンは額に張りついた髪をかき上げ、お願いする。

「私、汗を流したいわ」

「はいっ！　お湯を用意するのです！」

ぐしゃぐしゃな顔のままでトリルは勢いよく立ち上がり、駆けだしてしまう。その背中を見送ってから、ロザはカレンの額に触れる。まだ彼女には熱が残っていた。

「動けるのか？　身体の具合はどうだ？」

「熱より、身体がべたべたするのが気になって……ねぇ、いいでしょう」

「あたしもついてくよ。無理はするなよ？」

「ええ！　三人じゃなきゃいやよ。いっしょにね……」

しばらく臥せっていたせいで弱っているのか、カレンは不安げな表情でロザの手をぎゅっと握る。

「よーし、連れてってやるよ」

その手を握り返して、ロザはカレンを抱き上げた。カレン達は浴室をほとんど使わない。汗もかかず、排泄もしないものだから、身体があまり汚れないせいだ。三人でお風呂に入るのはこれが初めてだった。

×××

屋敷の浴室はロザが手入れしたこともあって、とても快適だ。石造りの浴槽は三人で浸かっても充分な余裕がある。

「ふぅー……」

ロザは大きく伸びをして、浴槽の縁にもたれかかった。ここも元は眷属のために作られたのだろう、こんな広々とした浴槽はここにくるまで見たことがなかった。思い切り手足を広げてくつろげるのは気分がいい。カレンを看病している間は食事も入浴もろくにしなかったから、なおさら沁みる。

「くっつくことないだろ？」

「いいのっ。こっちの方が落ち着くわ……」

「その通りなのです。カレン様はお水が苦手なんだから、トリルとロザでしっかり守ってあげないと！」

こんな広い浴槽なのに、三人はぴったり寄り添っていた。カレンはロザの膝上に乗っていて、隣のトリルと手を繋いでいる。カレンは水が苦手だ。日に焼かれて、水に飛び込んだという過去の傷が疼くのだろうか。

「こんなにしっかりお湯に浸かるの……初めてだわ」

ロザに身を預けて、カレンはしみじみと呟く。病み上がりだが、身体の具合は良さそうだ。お湯で身体が温まって、普段は真っ白な肌も健康的に色づいている。心地よさそうな彼女に愛おしさがこみあげてきて、ロザはカレンの頭を撫でた。

「あのねっ、二人とも。聞いてほしいことがあるのっ」

身体をくるりと回して、カレンは二人に向き直る。その真剣な目つきで何を話すのかはすぐ察しがついた。

「最初に、もう一度言わせて。ありがとう……トリル、ロザ。貴女達と、それからフィーラが側にいてくれたから私は戻ってこられたの。すごく苦しかった時も、聞こえたわ。貴女達の声が……」

「無事で良かったよ。あんなの二度とナシだからな！」

「こちらこそ、目を覚ましてくれてありがとうございます……カレン様」

二人の言葉にカレンは泣きそうな顔をする。そして両手を握りしめ、カレンは己の決意を言葉にした。

「私、みんなで地上に帰りたい。夢を叶える時は三人いっしょよ」

もうカレンに迷いはなかった。ゆっくりと頷くロザに微笑みかけ、驚いたように見つめてくるトリルを抱きしめる。動揺するトリルは両手を宙に泳がせていたが、やがて遠慮がちにカレンを抱きしめ返した。

「トリル……！　貴女をどれほど辛い目に遭わせてしまったのかしら。どうか、自分のために私が夢を諦めただなんて思わないで。貴女が隣にいないのなら、夢を叶えたって意味がないわ……！　やっとそのことに気づけたの。愚かな主をどうか許してちょうだい」

「あううっ……カレン様っ！　トリルも、トリルもっ、カレン様の隣にいなきゃダメなのです。どうかアナタが夢を叶えるのを、となりで見届けさせてください……」

ひしと抱き合う二人に、ロザは胸がいっぱいになる。三人で帰る方法を見つけ出すという決意が改めて強まる。カレンの危篤ですっかり忘れていたが、お風呂から上がったら、フィーラにあの方法を相談してみなくては。

「ロザっ！　貴女にも！」

「うわわっ」

キスを交わしてトリルから離れたカレンは、当然のようにロザも抱きしめた。

「貴女には大切なことをたくさん教えてもらったわ。本当においしい血、楽しい遊び、それから相手を思う気持ち……こうしてトリルと笑っていられるのは、ロザのおかげだわ」

「こっちこそ、あたしが笑えるのはあんた達のおかげだよ。帰ろうぜ、三人で！」

もう誰かが犠牲になることはない。その確信が得られて、ロザは心から安堵する。この道を選んだことに後悔はない。あとはまっすぐに進むだけだ。

互いの身体をしっかり確かめてから、カレンは一人、立ち上がる。一瞬だけ目を伏せ、息を吸い込んで、カレンは二人に手を差しだした。

「それでね！　私、貴女達と愛しあいたいの！　血を吸うためじゃなくて、大好きって気持ちを思いっきり伝えたいし、伝えてほしい！　だからお願い……私は二人にひどいことをしてしまったけれど……それでも……」

途切れそうになったカレンの言葉を二人は繋ぐ。

「いいさ、あたしはカレンのことが大好きだよ」

「トリルだってカレン様のことを愛しているのです！」

二人は顔を見合わせて、カレンの手を引っぱる。よろめいたカレンを、ロザが胸で受け止める。そのままロザは彼女の背中を指でなぞった。くすぐったそうにカレンは身をよじるけれど、ロザから離れようとはしない。

「ひゃ……ん、んぅ……」

ロザの手がカレンの小ぶりなお尻を撫でても、カレンはロザをじっと見つめて、愛撫をねだる。目で誘ってくるカレンが淫靡に感じられて、ロザは彼女の唇に吸い付いた。

「ん、ちゅぷ、ちゅる、ぢゅぅう……っ」

「んぅう－……んふ、へぅ、んふぅう……」

差しだされたカレンの舌を唇で食み、吸う。口腔で舌を絡め、唾液まで啜る。お風呂のおかげか、カレンの吐息は普段より温かい。ロザはあっという間に頭の中がカレンのことで埋め尽くされ、湧き上がる愛おしさすべてを口で表現しようとする。

「ん、ロザ、ぢゅうっ、ぢゅる」

「あぁっ、あふ、ふぁああ……」

ロザのキスを真似て、カレンもロザの舌を吸ってくる。それだけのことで、ロザは軽く達してしまった。脚のあわいがじんじんと疼いて、お湯に蜜が混じっていく。キスだけでは飽き足らず、上唇や鼻先を甘噛みしてから、カレンはロザに微笑みかけた。

「さっきみたいによろしくね」

「しょうがねえな、ほら……」

望みのままにロザはカレンをくるりと回して、自分の身体をクッションにする。

「トリルっ！　来て！」

ロザの胸の感触を背中で楽しんでから、カレンはすぐ側にいるトリルを呼んだ。トリルはさっきから二人のキスにどぎまぎしているだけだった。

「大丈夫だって、もうあんただって上手なんだから」

ロザもトリルに呼びかける。三人でしていると、彼女は控えめになりがちだ。ロザはともかく、カレンにはどうしても遠慮してしまうのだろう。トリルは神妙な顔で頷いて、カレンに近づく。

「触って、トリル。これはね、ずっといっしょにいるって誓いなのよ！」

「カレン様と、いっしょに……」

カレンの肢体は透きとおった湯の中で揺らめき、夢のように現実感がなかった。そんな彼女にトリルは見惚れているようだった。

「あたしのことも忘れるなよ！」

「ひゃ！　ロザっ？」

ロザもただクッション役のままでいるつもりはない。

トリルが見ている前で、ロザはカレンの両目を片手で塞いだ。突然視界を奪われたカレンは身体を跳ねさせ、お湯を波打たせせた。

「カレン様になにをするのですか！」

「次にどこを触られるか分からないと、すっげえどきどきして気持ちいいんだよ。知らなかったろ……」

せっかく気持ちよくなるのだから、変わったやり方もたまにはいいだろう。ロザがカレンの耳元に口づけると、彼女は期待するようにそうなの、と呟いた。

「このまま続けてもいいのですか」

「ええ。やってみましょう。ロザのいうことだもの、きっと本当にいいことなのよ」

「む、わかりました。もうカレン様をびっくりさせちゃだめなのですよ、ロザ！」

ロザに釘を刺してから、彼女は手を彷徨わせ、それからカレンのお腹に触れた。

「ひぅっ！」

目隠しで敏感になっているのか、お腹をへこまされただけでカレンは身体を反らせた。

「カレン様、今どこをさわってるか分かりますか……」

「お腹でしょ？　うふふふっ！　ヘンだわっ、見えてるときよりずっとくすぐったいの！　その調子よトリル！」

「はいっ」

カレンの笑い声に誘われて、トリルも大胆になっていく。お腹を突いていたと思えば、頬を撫で、胸元を吸う。無造作に伸ばされたロザの脚を跨ぐようにして、トリルはカレンと密着し、喜ばせようと頑張っていた。

「うまくできてますか……？　くすぐったいだけじゃないといいのですが……」

一生懸命にトリルは尽くす。そのひたむきさは報われていて、カレンの鳴き声は情欲の高まりを明らかにしていた。トリルはなるべくカレンに驚いてほしいと思っているのか、お尻を触っていたかと思えば唇にキスをしたり、急に胸同士をくっつけあわせていた。

「ひぁ、あっ、あぁぁ……っ、ふあぁぁあ……」

「その調子。頑張れ、トリル」

翻弄されるカレンに代わってロザはトリルを応援する。少女達の戯れを鑑賞するだけでは我慢できず、ロザも空いた手をカレンの口元にやった。人差し指と中指の先を唇の隙間に入れると、カレンはほんのりと口を開け、その指先を甘噛みした。さらに指を押しこんで舌を押し、天井も探る。口腔内も弱いようで、カレンは半開きになった口から涎を垂らした。

「このゆび……りょざ、ろじゃでしょ！」

「もっと気持ちよくしてやるからな……」

するとカレンは愛撫するようにロザの指に舌を這わせた。

「んふ……おねがいね……はふぅう、ふぁ……」

お願いに応えようと、ロザはもっとカレンのことを求める。指を口から引き抜いて、こりこりの乳首をつまみ、かと思えば秘所を焦らすように脚の付け根をくすぐる。予想のつかない責めで、カレンの身体は蕩かされていく。

「はぁ、あぁぁ、はぁ……」

カレンのすべてを暴こうとしているかのように、トリルとロザは夢中で彼女の身体を愛撫する。すっかりカレンは快楽に酔っていて、だらしなく両脚は開かれ、綺麗な花弁を惜しげもなくさらけ出していた。

「あのねっ……あそこも……さわって、ほしいのだけれど……」

そしてついにカレンは音を上げる。彼女は息も絶え絶えに腰を浮かせる。ちょうどトリルの目の前に突き出されることになった秘所を、カレンは両手で花開かせた。

この責めが始まってからカレンの秘所はまだ一度も触れられていない。きっともうずぶ濡れになっているとロザは思った。

「ロザ……お願いします」

満開になったカレンの秘所から目を逸らし、トリルはロザに助けを求めた。しかしロザは首を振る。

「あんたが先だよ。それでいいよな、カレン？」

「ええ……。ねえ、目隠しをとってちょうだい！」

ロザが素直に手を離すと、カレンは緊張して固まっているトリルに笑いかけた。

「お願い、トリル。触るだけじゃなくってぇ……指も入れてみてほしいわ」

これまでカレンの蜜口は一度も指を受け入れたことがない。予想外の申し出にトリルは自信なさげに自分の指先を見つめた。

「トリルだと、カレン様を傷つけてしまうかも」

「あたしには指入れたことあるだろ？　乱暴にしなきゃ平気だって」

初めてなんて特別にありがたがるものではない。それでも、トリルが先にカレンの一番やわらかいところに触れるべきだとロザは思う。以前された時、トリルの指は労りに満ちていてちゃんと気持ちよくなれた。カレンが相手でもきっと大丈夫だ。

「ダメだったらちゃんと教えてあげるから……トリル、さわって」

「がっ、頑張るのですっ」

トリルの返事はとても大きかった。トリルは息を止めて、自分の中指をカレンの蜜口にあてがう。

「ぱくぱくしてるのです」

「だって、すごく楽しみなんですもの」

「では……」

ロザに見守られる中、トリルはカレンの中へと指を埋めた。

「あっ！　あ！　あ、あふぅう……」

カレンのナカに指が分け入っているのが、ロザは膝上のカレンの反応で分かった。相手の表情をうかがう余裕もなく、真剣に秘所と向き合っているトリルのことを、カレンは愛おしげに見つめていた。いやらしさよりも、心温まるものを感じ、ロザは黙ってカレンの頭を撫でる。応援したいけれど、口を挟むのはきっと野暮だ。

「どーお？　ロザのとは違う？　うふふ……」

「ロザよりせっ、狭くて……うぅう、トリルにはよく分かりません……」

「あはっ……お湯も入ってきてるせいかしら、不思議な感じだわ。指、動かしても平気だからね」

「わ！　カレン様っ、びっくりしちゃうから、指をぎゅっとしないでください！」

「どうして？　トリルの指を感じられて、素敵なのに」

カレンとトリルは語り合いながら行為に耽溺する。トリルの手の動きが徐々に早まり、相手を悦ばせるものになっていく。カレンは身体に回されたロザの腕を握り、その快感を乗りこなそうとしているようだった。

「はぁ、はぁあ……っ、あっ、あっ……！　とりる、とりるのゆび、きもちぃぃ……」

「嬉しいです……カレン様……」

入れられた当初の戸惑いも消え、カレンは快楽にどっぷりと浸かっていた。彼女ははしたなく腰を振って、もっとトリルの指を味わおうとしている。そんなカレンに魅せられて、トリルは夢中でナカを探っていた。きっと無意識なのだろう、カレンの秘所を穿ちながら、トリルはもう片方の手で自分の秘所を弄っていた。二人の痴態を見ているだけでロザもどうにかなりそうになってしまう。

「トリルぅ……っ、おまめも、触って」

カレンの懇願にトリルは慌てて自慰をやめ、彼女の花芯を剥こうとする。もう余裕のないトリルには片手を動かしながらの行為は難しいようで、ナカをあやす手が止まってしまう。快楽の波が凪いだせいでカレンは激しく首を振った。彼女は早くもナカの快感がクセになってしまっていた。

「んぅ、ゆび……とめちゃいや……」

「ふあっ！　ごめんなさい」

「ん、トリルは指を動かしてな。あたしがやるよ」

貪欲なカレンのために、これまで観賞する側だったロザはトリルを手伝うことにする。カレンの耳にキスしてから、ロザは可愛らしく立ち上がった花芯をフードから解放してあげる。同時に、トリルへ目配せして責めを再開してもらう。

「ひぉおっ！　あうっ、はぁあぁあ……！」

ロザが花芯をつついただけで、カレンはのけぞった。水面が波打ち、飛沫が跳ねる。悲鳴のような喘ぎに臆せず、ロザは念入りに花芯を責め倒す。

その反応も無理はない。弱いところを同時に責められるなんて、カレンは経験したこともないのだから。これも二人がかりだからできることだ。

「すごぃいっ！　ひあぁあ！　はぁっ、これ、おかしくなっちゃうぅう」

「カレンさまぁ、すごいおかおなのです……」

「いつでもイっていいからな？　あんたのイき顔……トリルに見せてあげて……んむ、れろぉ……っ」

「ええ！　見ていてね、トリル……わたしのいっちゃうところ、見てて……」

もうカレンの表情は普段から考えられないほど乱れきっている。後ろからだとその顔がよく見えないのが残念だった。その分、声を楽しみたくて、ロザはカレンの耳を舐める。

花芯をいじめながら、もう片方の手で乳首やお腹の感触も楽しませてもらう。

「あっ、あっ！　はぁぁあ！　いいわ、きもちぃいいい……っ」

限界はあっという間だった。身体のひきつれは、カレンがかつてないほどの高みへ昇りつめようとしているのを教えている。その背中に胸を押しつけ、ロザは一気に彼女を追い詰める。

「ほら！　いいぞっ！　カレン！　カレンっ！」

「カレン様っ！　トリル、ちゃんとお顔を見てますから……！」

「……っ。んっ！　あぁあぁ！　ふぁぁぁあん……！」

二人の言葉に押し上げられ、カレンは品のない嬌声をあげて、あられもなく絶頂を遂げた。中々衝撃が治まらないようで、嬌声が治まってからもカレンは身体を震わせ、だらしなく舌を伸ばしている。焦点の定まらない目は何も映してはいないようだった。

「どうだった？　カレン」

ロザが頬を軽く叩くと、忘我の境地にいたカレンはそのままロザの手に頭を預けた。色々な体液でどろどろの顔を拭いもせず、彼女は満足げに返事する。

「はぁ、はぁあ……いいわ、くせになっちゃいそう……。大好きよ、トリル……ロザ……」

「ちゃんとできて、良かったのです。トリルもちょっといっちゃいました……」

トリルの感想がロザにはよく分かった。あんなものを見せつけられては、我慢できない。

カレンを膝上に乗せていなければ、トリルのように自分の指を差し入れているところだ。

「さぁ！　次はロザの番よ！」

元気なもので、もうカレンはあの絶頂から立ち直っていた。ロザの膝上から降りて、彼女はトリルの隣に収まる。

「あたしなのかよ？」

秘所に伸ばしていた手を止めて、ロザは二人を見つめた。今回はカレンをたくさん気持ちよくすることになる思っていたのだけれど。

「水に慣れるまで私を支えてくれたお礼がしたいの！　後回しにしてごめんなさいね、トリル？」

「いいのです！　でも、カレン様がよければ、トリルはロザのおっぱいをむにゅむにゅしてあげたくて……」

「いいわっ！　それなら私はあそこね！」

ロザを置いて、二人はぐいぐいとロザを押す。あっという間にロザは湯船の縁に座らされた。

「あそこを舐めるの、ロザも好きでしょ」

「ん……」

脚の間でカレンは可愛らしく舌を出す。黙って脚を開いたのがロザの返事だった。しっとりとした茂みの下で、すっかり準備の整った秘所がひくひくと期待している。

そして胸も、湯船から上がったトリルに頬ずりされている。ロザが望めばすぐにでも吸ってもらえそうだった。

「それともまた、あそこのナカを触りながら、お腹を押すのがいい？」

「ひぁっ！　よせよっ」

おへその下を指で押されると、たったそれだけで秘所の奥が反応する。あの日以来刺激されていないはずなのに、ロザの身体には秘所の内外で味わった衝撃が深く刻みこまれていた。

「ふふふっ！　両方がいいのね！」

ロザの反応でカレンは悪戯っぽく言い放ち、手始めとばかりに花芯へキスをした。

「気持ちよくなるのですよ、ロザ」

「はぁあ、あぁぁ……」

それと同時にトリルもロザの胸の先を啄み始める。こうなってはもう、ロザに出来ることはなかった。

「やっ、優しくしろよなぁ……っ！　カレン……トリルぅ……！」

カレンとトリルの口づけを浴びながら、ロザは意識を悦楽で塗り潰していった。

×××

明くる日の昼すぎ、フィーラとロザ達は食堂に集まっていた。たっぷりと休んだフィーラは昨日よりずっと元気そうだった。一方でロザはほとんど眠っていないせいで、今も頭痛がしていた。お風呂だけでなく、ベッドでも夜を徹してカレン達と愛し合っていたせいだ。血を吸うことなく、三人はどこまでも互いの身体を悦ばせ合っていた。フィーラのことなんて考えもせずに声を出していたから、彼女も昨晩のことを察していそうで、気恥ずかしい。

「……カレン達を人間に戻すことはできないのか」

昨日のお礼を言った後で、ロザは本題に切りこむ。フィーラはさして動じることなく、じっくりとロザ達のことを観察していた。カレンとトリルにも、昨日のうちに考えは話した。それが夢を叶える可能性を秘めているなら試してみたいと二人も頷いてくれた。後は実現できるかどうか、フィーラの意見を聞くだけだ。

「吸血鬼を人間に戻すことは難しいだろうが……人間に近づけることなら可能かもしれないね」

「そうしたらどうなるのですかっ!」

「お願いよ！　教えてっ！　フィーラ！」

その返事を聞いて、カレンとトリルが色めき立つ。フィーラは考えこむようにゆっくりと語っていく。

「不老不死ではなくなり、身体機能も衰えるね。それでも日光の克服はできないだろうが、日光に身を晒しても身体が燃えて灰となることはなくなるはず……」

「もしかして、研究したことがあるのか？」

フィーラの見解は妙に具体的だった。かつて彼女が同じ可能性を探ったことに思い至り、ロザは声を潜める。この方法がすでに試されて、不可能だと結論づけられていたら――そんな不安で、じっとりとした汗が出てくる。

「過去に断念した研究さ」

「なにがあったんだよ……」

「私の主も含め、地上に帰ろうとした吸血鬼の大半はあくまでも吸血鬼として帰ることを望んでいたからね。人間に近づくということに、忌避感があったんだ。周囲の協力が得られなくては、進めようがなくてね」

これまでのことがロザの頭をよぎった。人間を家畜扱いしているような吸血鬼もいる。トリルを犠牲にしない方法を探すことが理解できない吸血鬼もいる。そうした連中にとっては、人間に近づくなんて屈辱だろう。

「吸血鬼の体質や能力に関わる研究となると、吸血鬼のサンプルは多ければ多いほどいい。

ノクタミラの住民の協力は不可欠になる。険しい道になるよ」

「そうね。きっと昔の私なら、考えもしなかったと思う。他の吸血鬼もきっと同じでしょうね」

カレンの言葉には実感が籠もっていた。だがそこに諦めはなく、折れない意志が宿っていた。

「ノクタミラのみんなと話がしてみたいわ。私はロザとトリルのおかげで、変われたの。みんなだって、大切な人と出会えたら変わることができるはずよ！　そういう人と出会うためにも、地上に帰る方法を見つけなきゃ！」

「多くの吸血鬼の賛同を得るのには長い時間がかかるよ。それまでにロザの寿命や君やトリルの限界が訪れるかも……」

「それでも、私達は諦めたくないの。フィーラ……貴女にも力を貸してほしい」

「お願いです！」

「頼む……」

三人に頭を下げられ、フィーラは目を瞑った。

「これまで私は主に尽くし、主を継いで、吸血鬼の側に立ってきた。人間と吸血鬼の間を取り持とうとしたのも、あくまで吸血鬼のためだったんだ」

フィーラの口調は静かで、これまでの長い記憶を噛みしめているようだった。

「私はね、もしも誰かが帰還に成功したら主のもとで朽ち果てるつもりだったんだ。あの人の夢を叶えたのなら、もうこの世界に未練なんてないからね。そして……元の世界にも」

ロザは息を呑んだ。あの石の乙女に寄り添い、命を絶つフィーラの姿は鮮明に想像できた。しかしフィーラから漂う死の気配はほどなく消え去り、彼女は悲しげに笑った。

「だけど君達を見ていると……もしかしたら、あの忌まわしい地上にもまだ見るべきものがあるかもって、期待してしまうんだ。私が旅立つのをあの人は許してくれるかな……」

フィーラはロザ達ではなく、遠く過ぎ去ったかつての主に問いかけていた。やがてフィーラは改めてロザ達を見つめなおし、口を開く。

「……住民達を集められるように準備しておこう。それから、なるべく摩擦が起きないように根回しも。出来る限りのことはするよ。長い時を経て、この街も変わる時が来たんだと思う」

「フィーラ……！」

ロザ達の声が重なった。フィーラも頷いて、三人と手を取り合う。まだうまくいくと決まったわけではない。それでも心強い味方ができたことにロザの心は沸き立つ。

「だけどね、私にできるのはお膳立てだけだよ。吸血鬼達の心を動かせるかどうかは君達にかかってる。分かっているね？」

「ええ……！　一度ではダメなら、何度だってお願いするわ。みんなだって本当は……帰りたいはずだもの」

「トリルもお手伝いするのです。なんでも言ってください！」

「ふぅむ、では何から決めようか」

早速打ち合わせを始めるカレン達の話を聞きながら、ロザは胸を押さえる。この停滞した街を、諦めた住民達を変える――長い道のりの第一歩をロザ達は踏み出そうとしていた。

×××

数ヶ月後、ロザ達は『月』に集まっていた。

今日までずっとこの時のために準備していた。『月』には光の柱を背にして舞台が作られ、そこにカレンが一人で立っている。それぞれが孤立している住民へのスピーチは眷属や仲間に頼らずに、一人でする――それがカレンの希望だった。

「カレン……頑張れよ……」

フィーラの計らいで、住民のほとんどが『月』の会場に集められている。誰もがひそひそ話や文句を言っていて、カレンを気にも留めていない。群衆を見渡せる後方で、ロザはカレンを見守っていた。傍らではトリルとフィーラも固唾を呑んでいる。

「お願いです。私の話を聞いてください。地上に関することなんです！」

地上という言葉が出た瞬間、群衆は静まりかえった。カレンが一時的とはいえ、太陽の光を克服したことは街中に広まっている。やはり吸血鬼はみんな、帰りたがっているのだとロザは実感する。

「私は太陽を克服した完璧な吸血鬼として一人で地上に帰るのではなく……吸血鬼としての力を捨て、私の大切な人達と地上へ帰ろうと思っています」

また会場がざわめく。どういうことだ、というヤジが聞こえた。ロザの予想通りの反応だった。みんなと練習を繰り返したカレンは動じることなく、スピーチを続ける。

「たしかに太陽を克服すれば、吸血鬼は再び地上で人間を支配することができるかもしれません。それを望んでいる方もいるでしょう。だけど、なぜ、なんのために私達はノクタミラに閉じ込められたのでしょう？　長年飢餓と屈辱に苛まれたことで、罰は受けたのかもしれません。だけど、私達は自らの罪を理解していないままでした。他者を利用し、使い捨てる振る舞いを正そうとはしませんでした」

このあたりはフィーラの口添えがあった部分だ。地上に帰っても、道は続く。吸血鬼は地上の世界にとって異物だ。怪物のままでいることは決して許されない。世界と正しい関係を築かなければ、吸血鬼は滅ぶことになるだろう。

「吸血鬼に必要なのは奪うことではなく、与えること。支配するのではなく、尊重すること。見下すのではなく同じ視点に立つこと。大好きなトリルとロザから学んだことの価値を証明するためにも私はこれまでと違う新しい存在に変わりたいんです！」

舞台の上でカレンは声を張り上げている。しかし群衆は、勝手に思い思いのことを喋っていて、会場はばらばらだった。話を聞けと叫びたい。連中はまたしてもカレンを蔑ろにしている。立ち上がろうとしたロザをフィーラが制する。あの子を信じよう――そう目で語りかけられて、ロザは祈るようにカレンを見守る。

「そしてノクタミラの誰もが心の持ちよう一つで変われるものだと私は信じています。そうすればきっと、みんなで地上に帰ることも夢じゃなくなるはずです！」

挫けることなく、カレンは続ける。助けられないことがもどかしい。舞台からの景色はこちら側とはまったく違うのだろう。こんな状況にカレンはたった一人で立ち向かっている。

「この夢は……私だけじゃ叶わないんです。どうか、力を貸してください。私はみんなと、地上に帰り、人間と手を取り合う、新しい道を歩みたいんです……！」

ロザは『月』のざわめきに耳を傾ける。戸惑いや疑問、反発の声ばかりが聞こえる。こうなることも、覚悟はしていた。何かを変えるというのはこんなにも難しいのだろうか。トリルがロザの腕を強く掴む。ロザも彼女を抱きしめ、カレンを見つめる。

「いいと思います。お手伝いしますよ」

そんな空気を裂くようにカレンの前へ飛び出した吸血鬼がいた。名前を忘れた女、フィーラの助手だった。

「カレンちゃんだけじゃなくて、私達も帰れるんでしょう？　最高じゃないですか？　私にはよく分かんないですけど……地上の植物は見てみたいですし」

「あ、ありがとう！　そうよ、きっと帰れるわ！」

「ああそうだ、今度カレンちゃん達がやってる遊び、教えてくださいよ。やってみたかったんですよね」

「ええ、ええ……！　いくらでも！」

賛同者が現れたことで、会場の空気は僅かだが確実に変わっていた。ヤジは影を潜め、迷いの混ざった落ちつきのない雑音が会場にあふれ出す。それが良い変化なのか、ロザには分からなかった。

「そうか……彼女か……。まずは一人目、だね」

フィーラがしみじみと呟く。ロザは黙ったまま群衆を数えていた。この場の全員を説得するのなら、あまりにも、先は長い。しかしこの日、カレンは確実に一歩踏み出していた。ここから更に進むために自分がいて、トリルやフィーラもいる。だれ一人として欠けずに、そして大勢に見守られながら地上に帰る日をロザは夢見ていた。

×××

屋敷に戻ってきたロザは、まっすぐ寝室に向かい、ベッドに倒れこんだ。自分は見ているだけだったというのに身体が重い。カレンには落ち着いていけと言ったくせに、こちらの方がよっぽど気を張っていた。ため息をつくロザを心配して、カレンとトリルが顔を覗き込んでくる。

「どうしたのですか？」

「疲れてしまったのね、ロザ。この日までにたくさん頑張ってくれたもの」

「あんた達も平気か？　ずっと練習してただろ……」

カレンもトリルもこの日のために、繰り返しスピーチの予行演習をしていた。壇上に立つカレンはもちろん、トリルも毎回スピーチを聞き、彼女を応援していた。心配したロザが休むように言っても、聞かなかったほどだ。

「平気なのです！　まだまだやれるのです！」

「私もよ！　これからもう一回スピーチだってできちゃうぐらい！」

元気いっぱいな二人がロザには羨ましかった。身体が重いのは疲れだけではない、ロザは今日のことを思い返し、口を開く。

「カレン、トリル……これから大変だな」

今日のスピーチで、街を変えていくのはとても険しい道のりなのだと、まざまざと見せつけられた。選んだ道を引き返すことはない。ただ、その険しさに息を呑んでしまう。

「そうね、新しい方法を見つけるんだもの。でもね、きっとうまくいくわ！　今度は私達だけじゃなくて、街のみんなが手伝ってくれるんだもの」

「そうだな……」

ロザはカレンを抱き寄せた。彼女は住民を説得できると確信していた。

自らの夢を信じ、その実現のために迷わず進む――カレンの純粋さはロザの心を明るく照らしてくれる。これからも共にありたいと思う。

「ロザ、トリルに任せるのです！」

まだ元気のないロザを見て、トリルはベッドに上がり、服を脱ぎ始める。見る間に彼女はドロワーズ一枚となり、ロザを引き起こす。

「さぁ来るのです！」

何が起こっているのか分かっていないロザに、トリルは胸を張った。

「な、なんだよいきなり」

「トリルはロザのおっぱいをむにむにしてると、すごく安心するのです！　だからロザもトリルのおっぱいでほっとさせてあげます！」

「おう……？」

ロザはトリルの胸に目をやった。うっすら肋骨が浮かんでいて、膨らみはほとんどない。

『むにむに』はできそうもなかった。

「ん……トリル」

それでも、ロザはトリルの胸にキスして、顔を押し当てる。トリルの身体がぴくりと震えた。

「きゃふっ。どうですか、ロザ。元気でますか？」

「ああ……」

壁に顔をくっつけている気分になる。それでもロザは微笑んだ。トリルの身体は冷たく、鼓動も伝わってこない。しかし、ロザはトリルから熱を分け与えられたように感じた。大切な人の幸せを祈り、惜しみなく己を捧げる——トリルの真心はロザにとってなによりも貴いものだ。だからこそこれからも彼女のことを守り、導きたい。

「遠慮しないでもっと甘えてもいいのですよ！」

「そうよっ！　もっと私達がロザの胸にするみたいにしたらいいのに！」

「ふぅん？　ん、ちゅっ、ちゅぅぅ……」

二人に言われたとおり、トリルの愛らしい胸の先を啄む。柔らかさなんてないも同然なのに、不思議と満たされた気持ちになる。舌で転がしているうちにトリルのそこは尖っていき、悦びを露わにする。トリルの身体の震えも小刻みになっていく。

「ん、んん……ちゅぱっ、ちゅる……ぢゅう……」

「ひぁ……ロザ……っ。トリルのおっぱい、気に入ってくれましたか？　はぅう」

無心で吸っていると、頭を撫でられた。まるで赤ん坊に戻ったみたいだった。

「二人とも幸せそう……。ロザも胸が好きなのねっ。後で私のも吸ってみて？」

カレンもベッドに上がってきて、トリルの授乳を間近で観察し始める。

カレンの胸はもっと柔らかだったな——そんなことをロザは考えていた。

「ちゅぽ……っ！　ありがとな。元気出たよ」

トリルの胸に癒されて、ロザはやっと笑顔になれた。

「はぁ、はぁあ……。それは良かったのです！　おっぱい吸うの上手でしたよ、ロザ」

頬を染めたままで、トリルは薄い胸を張った。

「そうか？　なんか恥ずかしいんだけど」

「ロザっ！　次は私！　私の胸よ！」

余韻に浸っていると、カレンの胸がロザの顔に押しつけられた。まだカレンはドレスを脱いでいなかったが、慎ましい感触はしっかりと伝わってきた。また少女の幼い乳房に溺れるのも魅力的だったけれど、ロザはカレンを優しく押し戻す。期待に目を光らせる彼女の額に、ロザはキスしてあげる。

「あんたの胸は後で。今はトリルにお礼してやらないとな」

身体を張って元気づけてくれたトリルにおかえししてやりたい。

「まぁ！　私の胸だってきっと気持ちいいのに」

「お礼なんていらないのです！　ロザを元気にすることぐらい、どうってことないのですから！　大人しくカレン様に甘えるべきですよ！」

殊勝にもお礼を断ろうとするトリルに、ロザは服の胸元を指でずりおろした。服で支えられていた乳房が重みで僅かに垂れ、存在感を増す。

「でも、好きだろ？」

「ふおお……っ」

トリルは思い切り挑発に乗せられていた。ロザの顔と胸を交互に見つめ、もじもじとロザに近づく。そんな彼女に、ロザはもっと胸を突き出す。

「ロザがそこまで言うのなら……」

「ん！　ほら！　こっちだ」

そう呟くトリルに悪戯っぽく笑い、ロザは膝上に枕を置く。そこにトリルはいそいそと寝転がった。

「これは……ものすごい……！」

何も言わずとも、ロザの考えはトリルに伝わっていた。彼女は息を呑み、ロザの胸を手のひらで持ち上げる。トリルは授乳される赤ん坊のような体勢になっていた。

「その格好、いっぱい胸で遊べそうね！　トリルぅ、もっと触ってみたら？」

「もうちょっと……眺めてからにしたいのです……」

トリルの真剣な口調に、ロザは噴き出してしまう。トリルの見ている景色はほとんどが自分の胸に埋め尽くされているだろう。触るだけではなく見るのも好きだなんて、つくづくトリルは胸が好きらしい。彼女はたまに手で胸を揺らしたりしては嘆息していた。楽しめているのなら、なによりだ。

「なんだよ、吸わないのかぁ？」

「わ、わ……んぷ……っ！」

そんなトリルに悪戯心が湧いてきて、ロザは身体を前に倒す。そうやってトリルの顔を胸で塞いでしまう。ちょうど彼女の唇に乳首が当たっていて、期待するように胸の先が疼く。トリルは口をもごもごさせて、どうするのか迷っているように感じられた。これだけ密着していると、どきどきしているのがばれてしまいそう。

「満足したんなら、カレンと交代してもらうからな？」

冗談めかして言ってみると、トリルはロザの身体をぐっと掴んだ。

「ん、はぁ、ぢゅっ、ぢゅぱっ」

「ふぁ、んん、そんながっつくなよ」

ロザは生暖かい息を吐いた。口に含んだ乳首を噛んで、舐って、トリルはさかんにロザを味わう。ときどき乳房を強めに揉まれるせいで、まぼろしの母乳を搾られているように感じる。胸に隠れて表情がよく見えなくても、彼女の興奮はありありと伝わってくる。快感と愛おしさに挟まれながら、ロザはトリルを撫でてあげる。

「おいしそうに吸ってんなぁ……ずっとこうしてていいんだぞ……トリル……」

「ぷぁ、ろざぁ……」

「わ、二人とも気持ちよさそう……」

ロザの乳首が立ってくると、トリルの口唇はこれまでよりねっとりとした動きに変わっていく。舌先で乳首のまわりをくすぐったり、丁寧に擦り上げられたり、トリルは明らかにロザを感じさせようとしていた。また下着が使い物にならなくなってきて、ロザはこっそり脚を開く。こんなことまでトリルは上手になっている。

「ろざっ、ろざ、んちゅ、ぢゅ、れるぅっ」

「とっ、トリルぅ……あんたも……いっしょにぃ」

お返しとばかりにロザはトリルのお腹に手を這わせた。おへそを通り過ぎ、さらに秘所まで進もうとすると、そこでいきなり手を掴まれた。何かと思い、ロザはそちらを向く。

「ふふふふ、待ってロザ！　私もトリルにしてあげたいの！」

見ているだけでは我慢できなくなったのか、いつの間にか下着姿になっていたカレンがトリルの脚の間に寝転がっていた。カレンはそのまま両手でトリルの秘所を左右に拡げる。

「つあ、い、いきなりはだめなのですぅっ」

突然の刺激に、トリルが身を縮こめる。それでもトリルはロザの胸から離れようとせず、顔をその場に留めていた。

「トリルのあそこ、ぐちょぐちょねっ！　んふ……ぢゅ、ぢゅるるっ！」

ご丁寧にロザにも様子を伝えつつ、カレンも責めに加わる。わざといやらしい音を立て、カレンはトリルの蜜を啜っていた。

「んひっ、あっ、ひぁぁぁあっ！」

乳吸いどころではなくなったようで、トリルはついにロザの胸から口を離した。快楽を耐えようとしているのか、トリルは両膝を立てて、身体を弓なりにする。

「あはぁ……。見て見てっ。トリルってば、こんなにおつゆを出してるのよ」

呼ばれるままにカレンの方を向くと、彼女は秘所から顔を上げ、ロザに自らの口内を見せつけていた。ぐっと伸ばされた舌先から蜜と涎の混じったものが滴り落ちる。その舌がトリルのナカで躍っていたのを思い浮かべて、ロザも秘所を濡らす。カレンの舌は気持ちがいい。お風呂場でされた時も散々意識を飛ばされてしまった。

「このまま指でもしてあげる。いいでしょ？」

カレンは再び視線をトリルの秘所に戻す。蜜口に指が宛がわれたようで、トリルは何も言わず、ロザにしがみついた。まだトリルは指を入れられたことがない。これまでにも舌を受け入れた経験はあるし、もうほぐれているだろう。それでもやはり怖いのか、トリルの手はかすかに震えていた。

「やっぱり、やめたほうがいいかしら？」

「そんなことないのです。カレン様の指、トリルもほしいですっ」

そう言いながらトリルはロザの胸に顔をすり寄せた。

「だけどちょっとだけ怖いから……こうしていたいのです……」

「分かったわ！　ロザ、お願いね？」

「トリル、手ぇ繋いでやるよ」

ロザはトリルと指を絡め、しっかり繋がる。さらには胸に彼女の顔を埋め、守ってあげる。この身体を強く感じられる方が、安心できるはずだから。

「大丈夫、きっと痛くないから。いくわよ……トリル」

「ぅ、あ、はぁぁあ……おまたっ、ひろがってるぅう……っ！」

トリルの反応に合わせて、ロザも身を竦ませてしまう。しかしトリルはほどなく脱力し、ロザの乳房に息を吐いた。カレンも優しげにトリルの秘所を見つめていて、その具合を確かめているようだった。

「分かる？　ひとつになってるの……。いっしょなのよ、トリル」

「はっ、はひっ！　トリルのナカにカレン様が……っ」

「痛くない？」

「へぇきです……」

あどけない少女同士の睦み合いは美しく、けれど目を逸らしてしまうほどに淫靡だった。水を差したくないロザは黙って耳を澄ませる。カレンの繊細な指の動きが、トリルの抑え気味な喘ぎが、音で聞き取れた。

「……っ！　っ、あ、ふうぅ……あっ、あっ、あぁっ」

「ああ……トリル……可愛い……」

耐えるようにトリルはロザの乳房に口を押し当てている。トリルが敏感に反応するおかげで、彼女の快感が余すところなくロザにも伝わってくる。まるで自分もカレンに愛されているようで、ロザの秘所も止めどなく蜜を吐き出してしまう。こんなにも責められいるトリルのことが羨ましくなってくる。

「あっ、はぁあ……っ！　ろざも、いっしょにぃ……」

「ふぁっ！　とりるぅ……」

トリルもまた、ロザの身体がジャムのように煮えていることに気づいていた。快楽に喘ぐトリルの口が、ロザの乳首をもう一度咥える。それだけでロザは頭に火花が散った。

「二人ともきらきらしてるわ！　いつでもいってね？　いいところはこっち？　それともこのあたりかしら……」

「んふうぅううう、ううう————……っ」

「やっ！　あっ！　うあぁぁっ！」

　思い切り乳首を吸われ、ロザは表情を崩す。今の身体では乳首を引っぱられただけでも耐えられなかった。いやらしいことで頭の中が洗い流され、一瞬だけカレンとトリルのことさえ考えられなくなる。太ももをみっともなく擦りあわせ、彼女はトリルといっしょに果てようとする。息もできなくなるほどきつく、トリルを抱きしめる。

「ふうぅうっ！　あふうぅうう！」

「あーっ！　あ、あっ、あぁぁあぁああ……」

　声を重ね、二人は共に気を遣った。最後までロザとトリルは抱きあったままだった。カレンが嬉しそうに話しかけてくるのに、内容が頭の中に入ってこない。ようやく腕から力を抜くと、トリルがころんと膝から転がり落ちた。

「二人とも素敵だったわ。とってもおいしそう……」

　顔に付いたトリルの飛沫を拭い、カレンは二人の頬にキスした。

　おいしそう、という言葉でロザは彼女が血を吸おうとしているのだと思った。これほど乱れた後の血はさぞ美味だろう。いつものように首を見せると、カレンは楽しそうに髪をかき上げた。

「あのねっ、今夜は私の血を吸ってみてほしいの」

　白く細い首筋が、ロザとトリルの前に晒される。カレンが首筋を見せる仕草をするのは新鮮だった。まだ衝撃を引きずっていたトリルがのろのろと起き上がり、カレンの首筋を隠そうとする。

「どうしたのですか？　カレン様の首筋に口づけるなんて……」

「もう、誰かから貰ってばかりは嫌なの。今夜だけでもいいわ。お願いよ」

ごく自然に受け入れていたけれど、これまでロザは二人に血を与えてばかりだった。スピーチを経て、カレンにも思うところがあるらしい。

「たまにはそういうのもいいかもな！」

「カレン様の頼みなら……」

カレンの想いを汲んでロザは頷く。トリルも躊躇いながらカレンの首筋を撫でた。カレンは恥ずかしそうに微笑み、そっと目を瞑った。

「でもさ、あたしに牙なんてねえぞ？」

「むむむ……では、こうするのです。失礼いたします、カレン様」

トリルはカレンの首筋に口づけ、そっと噛んだ。

「ん……」

血が行き渡っているのか、トリルから匂い立つような色気が発せられる。ロザは喉を鳴らした。見た目は変わっていないのに、ついつい身体に触れて、吸い付きたくなる。その光景に釘付けになっていると、口を離したトリルがロザの両頬を掴んだ。

「こぼさず味わうのですよ！」

「んむっ！　うあ……」

心構えをする暇も無くトリルの舌がロザの口腔に割りこんでくる。トリルのしようとしていることを理解して、ロザは口を開けた。カレンの血がトリルを介して流れ込んでくる。眷属になった時よりも量が多く、勢いも強い。噎せないように夢中で飲み干す。その味わいに喉が灼け、独特の匂いが鼻を抜ける。そしてカレンのよく言う『きらきら』がどういうものかロザは理解する。カレンとトリルの身体が真冬の暖炉のように暖かく、優しげに輝いている。うたかたのうちにきらめきは見えなくなるが、これが二人の感じている昂揚なのだとロザは感じ入る。絶頂で疲れた身体はすっかり元通りで、二人を強く求めていた。

「ぷぁ……ありがとうございます……カレン様」

「これがっ、あんたの血……！」

間もなくロザの心は燃え上がった。二人が欲しくてほしくて狂ってしまいそう。好きという気持ちが爆発して、御しきれない。咄嗟にロザは枕で顔を隠した。お尻が揺れて、相手を誘ってしまう。

「ロザには強すぎたかしら」

「きっとカレン様もどきどきしてたからなのです。すぐ収まりますよ、ロザ」

驚いたようにカレンはロザを抱き起こし、その顔を見つめる。そんな彼女の唇ばかりをロザは見つめて、犬のように舌を出した。

「カレン、トリルっ、すき……すきすきっ、だいすき……キスして……」

理性の箍が緩み、ロザは恥も外聞もなく二人を求める。二人に奉仕したい、愛してほしい。三人でめちゃくちゃになりたい。

「飲ませすぎた気がしてきたのです……」

「なら、私達がなんとかしてあげないと！」

カレンは困惑するトリルに何事かを耳打ちして、ロザに向き直る。どんな方法で責められるのか想像するだけで、ロザは脚を開いてしまう。

「ロザ、私達がちゃんと助けてあげるからね」

「うん、うん……っ」

されるがままに寝かされる。衝動のままに手を出してしまいそうになるのを必死に耐える。カレンが施してくれることをちゃんと受け止めたかった。カレンは見せつけるようにドロワーズを下ろし、秘所をさらけ出す。彼女の内ももはてらてらと光っていて、これまでに感じた昂りをうかがわせた。そのままカレンはロザの顔を跨いだ。

ロザは目を大きく開いた。カレンの秘所はやはり美しく、惹きつけられてしまう。その瑞々しい花弁を今すぐ味わいたい。口を開けていれば、蜜がしたたってきそう。

「私のおつゆ……好きなだけ飲んで？」

ベッドのヘッドボードに掴まって、カレンがゆっくりと腰を落としてくる。ロザの口を押し潰さないよう、微妙な体勢を保ちながら、カレンは花弁でロザの唇にキスした。

「んっ……苦しくない？」

「だいじょうぶ、だけど」

こんなの我慢できない。ロザは猛然とカレンの花園に襲いかかった。鼻をひくつかせ、肉花全体を舐めあげる。両手で彼女の腰を掴み、絶対離れないようにする。もうカレンしか見えない。充血した花弁を食み、いくらでも溢れてくる蜜を啜り、ロザは陶然とする。

「んぢゅ、ぢゅる、ぢゅうぅう、んく、んんんっ！」

「きゃふっ！　あそこ、びりびりするぅ」

もっとほしがるように、カレンは片手で尻肉ごと秘所を開く。どれだけ飲んでも足りなくて、ロザは犬のようにむしゃぶりつく。

「はぅっ！　な、なんだよぉ……っ」

「よいしょ！　いきますよ、ロザ」

夢見心地でカレンの秘所を味わっていると、いきなり片脚を持ち上げられた。丸見えの秘所を恥ずかしがる暇も無く、脚にトリルの体重を感じた。

「むぎゅっとしてあげるのです……」

「おぁっ、あ、あぁあぁっ！」

あれほど夢中だったカレンの秘所から口を離し、ロザはあられもなく仰け反った。トリルがロザの秘所に、自らの脚のあわいをおしつけてくる。一方的に体重を掛けられているせいで、ロザは流し込まれる快楽に悶えることしかできない。

「ひぅっ！　あは……はぁ、おまたをすりすりするの……トリルもすきなのです……っ！」

「とりっ、ひあぁぁ、とりるっ、どこでこんなぁぁあっ！」

「あは……カレン様に教えてもらったのです。んひっ！　こうやってぇっ、おまめもぉおっ」

「ひぁぁあ！　あっ、あぁっ」

トリルもロザと同じように肉悦を味わうことに憑かれていた。腰をくねらせて、トリルは何度も合わさり方を変えてくる。腰を揺するだけでなく、ロザの胸やお腹も彼女は触ってきて、そのたびに声が出てしまう。

「あそこをくっつけるのは、貴女が教えてくれたことじゃないの！　うふふ……っ！」

ロザがトリルとの交歓に溺れている間、カレンは身体をずらしてロザの崩れきった表情を見下ろしていた。ロザがいやいやしても、彼女は余裕たっぷりに視線を投げかける。

「トリル……あたし、そこは弱いからあんまりっ……やらぁっ、とりるぅうっ！」

お願いしようとした瞬間、トリルの秘所が花芯を押し潰してきて、ロザは一際大きく鳴いて舌を突き出した。少女達に挟まれて、もう逃げられない。

「はわぁ、ロザのおっぱい……ぶるぶるしてるのです……」

「そんなことっ、いうなよぉ……」

「ね！　私のことも忘れちゃ嫌よっ！　ほぉらっ！」

「んはっ、ん、ぢゅうぅ……」

満足するまで艶姿を眺めたのか、カレンは再びロザの顔に腰を落とした。そうして、ロザは鼻や頬までべしゃべしゃにされてしまう。

「きゃうぅうっ！　ろざっ！　ろざ、いいわ、きもちぃいいっ！」

仕返しとばかりにロザが蜜口を舌でくすぐると、カレンも髪を振り乱した。

「ふっ、ふぅっ、ひぁ、あっ、あ、はおぉ……」

「はへっ、へっ、あぁぁあ……私のおつゆ……おいしい？　おいしぃのよねっ？　ロザ、私ね、腰が溶けちゃいそう……」

「うんっ、うんうん！　あぁあっ、ひゃれん……ろりる……あたしもしあわせぇ……」

ろくに考えられないまま、ロザは腰を浮かせた。カレンの鳴き声は甘くていやらしくて、とてもみっともない。トリルの熱に浮かされた喘ぎもさっきからずっと聞こえていて、耳まで犯されている。苦しくて、熱くて、わけが分からないのにこのままずっと三人で絡みあっていたい。臨界は間近にあり、ロザはこのひとときに身を委ねる。

「いく、いくぅうぅ……っ！　あうぅうぅっ！」

ロザは最初に達してしまった。がくがくと身体を震わせて、そのまま力尽きる。カレンの腰を掴んでいた腕もベッドに投げ出してしまう。もう指一本も動かせないのに、まだカレンとトリルはロザと繋がったままだった。

「ああ、私も、いっ、いっちゃいそう……っ！　く、あ、あああぁ！」

「カレン様……！　ロザ……！　ん、んぅうぅ！」

後を追って花開いていく二人の声を聞きながら、ロザは満たされたまま目を閉じた。

×××

「……それで、今からどうするんだ？」

ベッドで大きく伸びをしながら、ロザはカレンに予定を聞いた。彼女はトリルに手伝ってもらいながらドレスを着込んでいた。もう外は暗いのに、今から外出の用意をしているのは二人がロザの回復を待ってくれたからだ。昨晩はやりすぎてしまった。

あの秘め事で火の付いたカレンとトリルはもう止まらなかった。ロザがぐったりしてしまっても、彼女の体力が戻った頃を見計らって、二人は続きをせがんできた。おねだりされては断れなくて、ロザは倒れるまで情事に耽ってから、しばらく休んで同じことを繰り返すという頽廃的な時をすごすことになった。この街を変えるとスピーチしたばかりなのに、こんなことでいいのだろうか。

「助手さんとお話してみようと思うの！　賛成してくれたことにお礼も言いたいし……」

彼女は今日も菜園で植物の世話をしているのだろうか。あまり眠らず、昼夜の意識も薄いから、会う時間を考えなくていいのは吸血鬼の利点かもしれない。

「そうか……あたしも支度しないとな」

ロザものろのろとベッドに腰掛けて、いつの間にか床でくしゃくしゃになっていた服を手にとる。着替えは他にもあるが、新しい服を選ぶのはもう面倒だった。

「……ロザ、元気は出ました？」

乱れた髪を手櫛で整えていると、カレンの手伝いを終えたトリルが駆け寄ってきた。

「ああ、しばらく寝てたからな」

「そうじゃないのです。ノクタミラを変えるために頑張れるかどうかが知りたいのです！昨日のだけじゃ、ダメでしたか？」

ロザは着替えの手を止めた。トリルの問いはすぐに答えられないものだった。結局昨晩は途中から快楽に溺れ、答えを出せずじまいだった。心を覗いてみれば、まだ不安はあちこちにへばりついている。

「まだ不安だよ」

誤魔化すことなくロザはそっと呟いた。トリルが顔色を変え、カレンも駆け寄ってくる。

今にも泣きそうな二人を見据え、ロザは言葉を続ける。

「でもさ、もう平気。あたしが落ち込んでいたら、あんた達が助けてくれるって分かったから。あたしも、あんた達を助けるよ。これまでだってそうやって来ただろ？」

ロザはノクタミラでの思い出を振り返る。三人で手を繋ぎ、支え合ってきた。そしてそれぞれが、この出会いによって変わっていったからこそ、今がある。

「しかも今はフィーラだっている！　だから、あたしは平気！　街の連中だってちょっとずつ考えを変えていけばいいいさ」

元々はロザ自身も寝床のためだけにカレンとトリルに血を与えた。二人のことなんて妙な子どもとしか思っていなかった。二人もまた、自分のことを血袋としか見ていなかっただろう。吸血鬼だって変わることができるのを、ロザはこの目で見てきた。

「やってやろうぜ、トリル！　カレン！　今日から——」

「ロザ！」

——新しい日々が始まる。

そう締めくくる前に、ロザはトリルに唇を塞がれた。

「ちゅ……」

「んむっ！」

面食らって、言葉を飲み込んでしまう。我ながら良いことを言おうとしていたのに。

「なんだよっ」

「急にちゅーしたくなったのです！　オマエのことはカレン様の次ぐらいには大好きだから、いつでも助けてあげますよ！　ロザ！」

不意打ちのキスはトリルなりにロザの想いを咀嚼した結果らしい。驚いたけど、悪い気はしなかった。キスは良い。一人ではないと手っ取り早く実感できる。

「トリルってば！　私もするわっ」

「ああ、来てくれ……」

「ロザ！　好きよ、愛してるわ！　……ああ、他にどんな言葉があるのかしら！　貴女が私達から離れないように、決して貴女から離れないからねっ！」

ベッドに押し倒す勢いで何度もキスをして、その合間にカレンは睦言を囁いてくる。

「分かってるよ、カレン」

ロザもカレンに応じて、心の距離と身体の距離を同じにする。あれだけ味わったのにカレンの唇は飽きることがない。胸と胸も重ねて、ロザはカレンに激しい鼓動を伝えた。

「カレン様……トリルにも……」

トリルも加わってきて、カレンを求める。カレンは当たり前のように彼女を交え、ロザとの絡みを続けていた。

「みんなで……きす……ん、れろ、ぢゅうっ」

「おっ、おい、でかけるんじゃ……んふ、ぁあ、はう……」

「すき、すきです、かれんさみゃ、ろじゃぁ……れる……」

三人で口を開け、舌を伸ばし、三つ巴でキスに耽る。ロザの胸の先は尖り、服の上からでも形が分かるほどになってしまう。下着を穿いていない下半身も、また二人の指を欲しがり始める。

結局、新しい日々を始めるのは翌朝からになってしまった。

×××

「ヤバそうだったらすぐにやめるんだぞ？　いいな？」

「心配せず、そこで見ているのです！」

トリルはロザの心配などお構いなしだった。

数十年前にここでカレンと似たようなやり取りをした。

あの時、ロザはたった一人で、『月』で光柱に踏み出そうとする吸血鬼を見守っていた。

あれから、新しい日々が始まり、様々なことが変わった。

トリルは大きくなった。かつてのカレンよりも背が高くなって、髪も伸ばすようになった。人間より遥かにゆっくりとしたペースだが、彼女は再び成長を始めている。

そして、トリルを見守っているのは、もうロザだけではない。カレンも、フィーラも、それからノクタミラの吸血鬼達もこの場に立ち会っている。

不安を抱きながらも、みんな信じているはずだ。

今日、トリルが光の中に立つことを。

「では……行きます！」

トリルが大股で光柱へと近づいていく。その手が光に触れた瞬間、ロザは反射的に目を背けてしまった。自分達の絆とフィーラの研究を疑うつもりはない。それでも、トリルの手が灰となって砕け散る光景を思い浮かべてしまう。

「おおおっ！　やりました！　みんなもよく見るのです！　ほらっ！　ロザも！」

周囲の歓声とトリルの呼びかけで、ロザはおそるおそる彼女を見た。

そこには思い切り手を振るトリルがいた。その身体のどこにも焼け焦げはない。苦しんでいる様子もなく、彼女は興奮のあまり飛び跳ねていた。

「すごい！　信じてたわ！　トリルっ！」

「トリル！　やったなぁ！」

誰よりも大きな声でロザとカレンは声を上げる。

しかし日に当たるうちに、トリルの白い肌には水ぶくれや充血が現れつつあった。周囲の吸血鬼達も彼女の異変に気づき、不穏な空気が広がっていく。当のトリルは我慢しているのか、まだはしゃいでいた。

「うん、そろそろ戻っておいで！」

そんなトリルを見て、光柱の近くで彼女を観察していたフィーラが挑戦の終わりを宣言する。トリルは頬を膨らませた。

「ヒリヒリするけど、どうってことないのです！」

「やめておきたまえ。自分の手や腕をご覧よ、トリル」

「むう……分かりました……」

自分の肌を見て、トリルはようやく光から出てきた。真っ赤になった肌が痛々しい。カレンと共にロザは彼女に駆け寄る。二人を見て、トリルは元気よく笑った。

「これで、三人で帰れるのです！」

「ええ……私達の夢が……やっと」

「ああ……あぁ……っ！　良かったな……トリル」

もっと早く光から出てほしかった。どうか無理だけはしないでくれ――そんな言葉を胸にしまって、ロザはトリルと抱き合う。彼女の黒髪には日光の温もりがまだ残っていた。

「ふふん！　この調子で行けば、すぐにもっと光に強くなれそうです！　……痛っ！」

肌が痛むのか、トリルが顔をしかめる。慌ててロザとカレンは助けを呼んだ。数人の吸血鬼が集まってきて、トリルの肌の具合を確かめる。その中にはフィーラの助手や、かつてトリルを嘲った男もいる。あの男も地上への思いが捨てきれなかったのだろう。カレンのスピーチから数ヶ月後、彼はいかにもばつが悪そうに協力を申し出てきた。ロザはカレンとトリルがあっさり彼を受け入れたのが未だに信じられない。今でもこちらと目が合うと気まずそうにするのは面白いけれど。

「もっと染みない薬ってないのですか！　いたた……」

人間に近づいた分、傷ついた部分が急速に治ることもない。軟膏を塗られて唸っているトリルをロザはおろおろと見守った。

「もう平気なのです。こんなの、カレン様とロザのそばにいたらすぐに治りますっ」

応急処置もそこそこに、トリルは二人のところへ戻る。巻かれた包帯が痛々しい。

「これでトリルもカレン様といっしょになれました！」

「ついにここまで来たのね。私達……」

「ああ、帰るのが楽しみだな」

カレンもまた、かつてより不完全だが太陽の光に耐えられる。三人いっしょに地上へ帰るという夢はいよいよ現実味を帯びつつあった。

二人を眺めながら、ロザは地上の様子を想像する。賛同者を集めつつ、吸血鬼を人間に近づける方法を研究するのは苦難の連続だった。元より諦めるつもりはなかったが随分と時間が掛かってしまったよ。自分が住んでいた街はどうなっているだろう。かつては考えもしなかったことだが、ロザは最近、故郷の様子が気になりはじめていた。窓が開けられる街になっているといいけれど。

「大成功だったね。トリル」

今回の経過を書き留めているであろう紙束を片手に、フィーラもロザ達に声を掛けに来る。フィーラの言葉に、トリルは胸を張った。

「うまくいくって、はじめから分かっていたのです！」

「そうよっ！　私のトリルだもの！」

「はは……私の仮説も、これで証明されたかな。後は他の吸血鬼に二人の血を適合させることができれば……」

カレン達が人間に近づいていることに、フィーラは仮説を出していた。彼女によれば、カレン達への愛慕がロザの血をより強力なものにしたように、吸血鬼でいることに囚われず、共にありたいという強い思いによってカレン達の血も徐々に変異していったのではないかという。

そしてロザには別の心当たりもある。三人でいっしょにいることを誓い合ってから、三人は睦み合いのやり方を改めていた。

具体的には、ロザがカレンとトリルに吸われるばかりではなく、二人もロザに少量の血を与えるようになっていた。より強い繋がりが欲しかったし、なにより、二人の血を啜るとベッドでもっと気持ちよくなれた。想いが血に影響するのなら、心を通わせて愛しあい、しょっちゅう血をやり取りしていることは自分達の身体を確実に変えただろう。フィーラも、遠回しに『吸血の手順』も変異に関係しているかも、と言っていたし。

「……そろそろ地上での生活を考えておかないとね」

「あんたも、もうすぐだと思うか」

「遠くない日、君達はノクタミラから旅立つだろう。だからこそ、この場で話しておきたいんだ」

フィーラは近くの吸血鬼に言付けて、ロザ達と共にその場から離れる。吸血鬼達の集団とは光柱を挟んだ反対側に移動して、彼女は沸き立っている吸血鬼達に目を遣った。

「すまないね。君達には大仕事を頼むことになる……」

「気にすんなって」

項垂れるフィーラにロザは笑いかけた。カレンとトリルも大きく頷いて、フィーラに顔をあげてもらう。

以前から、三人はフィーラから頼まれていたことがある。

地上で吸血鬼が生きていける環境を作り出す——それは途方もない計画だった。

ノクタミラから地上に脱出できたとしても、問題は数え切れないほど存在している。

地上のどこに出るのか。言葉は通じるのか。地上の世界になんのよすがもないロザ達が安住できる場所はあるのか。数年前から、ロザ達は賛同者を交えて地上での生き方を検討していた。予想できないことばかりだが、できるかぎりのことをしておきたかった。

「どっちみち、あたし達が地上でやっていくためには必要なことだしな」

「私達と同じ夢を見てくれているみんなのために、頑張るわ」

「しょうがないから、助けてあげるのです！」

ロザ達には、先導者としての使命がある。長い時を経て、夢はもはや三人だけのものではなくなっていた。

重荷ではあるが、もうロザは恐れない。

自分にはカレンとトリルがいると分かっているから。

# エピローグ　青い空の下で

ろくに朝の支度もしないまま、ロザは窓を開けっぱなしにしていた。

外の天気は快晴で、熱気が頬を撫でる。歩いて五分のところにあるビーチは朝から賑わっていて、その向こうに広がる海は碧く、水平線の彼方まで見通すことができそうだった。

この海と空なら、一日中眺めていられる。ロザはしみじみと外の空気を吸い込んだ。

しかしベッドに投げ出していたスマホが震え、ロザは現実に引き戻される。

スマホをひっつかんで通話を始めると、挨拶抜きに呆れ声が飛び込んできた。

「ロザ……いつまで待たせるつもりなんですか？」

「悪かったよ、トリル。今降りるから」

「早くしてくださいね！」

思った通りトリルからの催促だった。どうも二人はここに来た感動が薄い気がする。

もっと眺めていたくはないのだろうか。

ようやく辿りついた夢の景色を。

手短に支度を済ませて、ロザは客室を出る。エントランスに降りると、すぐにカレンとトリルが手を振ってくれた。

「客室から見てないで、もっと近くに行けばいいのに」

「ロザの気持ちも分かるけどね？　外の眺め、とっても良かったもの」

　スマホをジーパンの後ろポケットにしまい、トリルは呆れたように言った。そんな彼女にロザは肩をすくめた。昔はもっと可愛げがあった気がするのだが、すっかり生意気になってしまった。幼かったトリルは凛々しい大人の女性になった。身長は三人の中で一番高く、タンクトップにジーパンという格好や、整った顔立ちと合わせて中性的な雰囲気を漂わせている。短かった黒髪もポニーテールにできるほど伸ばされ、ぎこちなかった敬語もすっかりこなれている。

　連れ添うカレンも少女から羽化しつつあった。純白のサマードレスに麦わら帽子という組み合わせは育ちの良いお嬢様といった雰囲気だ。手に持った淡い花柄の大きな日傘もいい。しかし、あの長髪をばっさりと切り落としてショートカットにしたことで、カレンは昔から変わらない元気の良さを覗かせていた。

　二人が成長してから長い時間が経っているのに、ときおりロザは出会ったばかりの二人の姿を思い出してしまう。思い出に浸るのは老いた証拠なのだろうか。ロザもまた、かつての母より年を取った外見になった。派手なシャツにサングラスと、服装は一番浮かれているけれど。

「んじゃ、行こうぜ。店はもう決まってんだろ？」

「ええ。カレン様、外の日差しには気をつけてくださいね。ロザも調子に乗ってたら倒れちゃいますよ！」

「もちろんよ、トリル」

「分かってるって」

ホテルから出ると、強烈な日差しが三人を出迎えた。カレンが日傘を広げて、トリルがそれを受け取り、二人は相合い傘になる。太陽の光を長時間浴びるとカレンとトリルの肌は真っ赤になってしまう。そのせいで、どこへ行くにも日傘は欠かせない。地上に来てから、カレンは日傘のコレクションが趣味になっていた。

「朝メシを食べる店、どんなところなんだ？」

もう馬車など走っていない、舗装された道を並んで歩く。ホテルからビーチまでの間にはなんの建物もなく、ビーチに近づくにつれてどんどん景色が広がっていく。細かい砂利の広がる灰色のビーチを今すぐ素足で歩いてみたい。道の先にある緑生い茂る白い断崖の上には登れるのだろうか。あちらからの景色も気になる。焦らず街の観光を先にするのも悪くないだろう。ほどよく田舎で、ごみごみしていないからゆったりと回れるだろうし

——

「アナタの希望通り、オープンテラスで海がよく見えるカフェですよ。……聞いてますか、ロザ！」

「え？　おう！　そんなところがあんのか！　いいなぁ！」

ロザの返事は他のことを考えていたのが丸わかりだった。ちぐはぐな二人のやり取りにカレンは笑って傘を回す。

「有名なお店だそうよ？　ロザったら、ガイドブックを読んでないのね！」

「まったく……ここに一番行きたがってたのはロザのくせに……」

「いいんだよ。あの海が見られただけで……あたしは満足なの！」

それが、まぎれもない本心だった。ここにくるまで本当に長かった。太陽に耐えられる身体となり、地上に帰っただけでは夢を叶えられなかった。三人が人間社会に溶け込むためには様々な難題があった。吸血鬼の帰還を予見していた集団との邂逅や、地上に取り残されていた吸血鬼との対立もあった。すべて終わったらあの海へバカンスに行くんだ――うんざりするようなことがある度に、ロザは何度も念じていた。

「せっかく来たんだから、もっと楽しむ準備をしないと」

「いいじゃない。当分の間いるのだから……のんびりしましょ？」

「そういうこと！」

「もういい大人なんだからしっかりしてほしいんですけど……」

「歳はあたしが一番下だろーが！」

「あははっ！　確かにね！」

この見た目で言っても説得力がないのは、ロザにもよく分かっていた。周りからどう見えているのだろう。顔が似ていないけれど、家族連れか。そう言われたら、自分はきっと否定するだろう。ロザとカレンとトリルは家族ではなく、志を共にした仲間なのだから。

雑談しながら歩いていると、トリルのスマホが通知音を鳴らした。歩きながら確認した彼女は、カレンとロザに画面を見せる。

「フィーラからですね。久々に吸血鬼を保護したみたいです」

――バカンスを邪魔するつもりはないけれど、一応連絡しておくよ。

報告書の末尾にはそう書いてあった。

地上に出てから数十年後、三人はフィーラと地上で再会していた。助手と共に地上へ出た彼女は、吸血鬼達を繋ぐネットワークを作ろうとしている。すべての吸血鬼が地上に帰れたわけではない。それでも、少なくない吸血鬼が心を改め、この世界でひっそりと生きている。今のロザ達はフィーラとそうした吸血鬼が世界にとけ込めるよう、手助けしている。とはいえ、しばらく仕事のことは忘れていたい。

「見えてきたわ！　あの店よね！」

「カレン様っ！　急いだら危ないですよ！」

「いいさ！　行こうぜ！」

カレンが走り出して、隣にいるトリルとロザも彼女について行く。何十年もかけてカレンとトリルは血だけではなく、人間の食べ物にも馴染んでくれた。二人はよく分かってくれないのだけれど、みんなで同じテーブルを囲めることがロザは嬉しくてしかたない。

「さいっこうのバカンスにしようぜ！　なぁ！」

「ええ、楽しみましょう」

「もちろんよ、ロザ！　ふふふ！　うふふふっ！」

ロザ達は地上を駆ける。

輝く太陽に、三人は照らされている。

# 人間無骨執筆　おすすめ作品

二次元ドリーム文庫

## 蒼百合館の夜明け

親の抑圧から逃れたくて塾を抜け出した詩月は、幽霊が出るとウワサの廃洋館で、嫣然としたお姉さん——光紗と出会う。独りぼっちの光紗と、自分の将来に悩む詩月。二人は互いの孤独と懊悩を分かち合い、惹かれ合っていく。しかし、光紗の過去には重大な秘密があり……。

小説●人間無骨　挿絵●ネコサン

## 本作品のご意見、ご感想をお待ちしております

本作品のご意見、ご感想、読んでみたいお話、シチュエーションなど
どしどしお書きください！　読者の皆様の声を参考にさせていただきたいと思います。
手紙・ハガキの場合は裏面に作品タイトルを明記の上、お寄せください。

◎アンケートフォーム◎　**http://ktcom.jp/goiken/**

◎手紙・ハガキの宛先◎
〒104-0041 東京都中央区新富 1-3-7 ヨドコウビル
(株)キルタイムコミュニケーション　二次元ドリーム文庫感想係

# 緋百合の絆
## 不良お姉さんと吸血少女たち

2021 年 1 月 1 日　初版発行

【著者】
人間無骨

【発行人】
岡田英健

【編集】
鈴木隆一朗

【装丁】
マイクロハウス

【印刷所】
株式会社廣済堂

【発行】
株式会社キルタイムコミュニケーション
〒104-0041　東京都中央区新富1-3-7ヨドコウビル
編集部　TEL03-3551-6147 ／ FAX03-3551-6146
販売部　TEL03-3555-3431 ／ FAX03-3551-1208

禁無断転載 ISBN978-4-7992-1437-4　C0193